ともえ

諸田玲子

角川文庫
24450

目次

ともえ　5
主な参考文献　323
あとがき　325

一

大津・義仲寺　貞享五年（一六八八）

梅雨の晴れ間。

今朝方まで降りつづいた雨でじっとり湿った地面から、生あたたかな土のにおいが立ちのぼっている。女の五月雨髪をおもわせる腥さは、土だけでなく、苔むした石塚からも発せられているらしい。

おもわず髪に手をやろうとして、智は、唇の片端をきゅっと上げた。

あつかはしきさみだれの、髪の乱るるも知らで……とは『源氏物語』の一節。陰暦五月は物忌み月で髪の手入れをしないので、じとついて重苦しい、と古人は書いているけれど、それはそもそも髪を命とおもう女のことだ。尼そぎ髪に頭巾をかぶっていては、腥い情念とも乱るる心とも無縁である。

　智が詣でている石塚は、どっしりとした台座の上に小ぶりの自然石が置かれていた。風雨で角が丸くなったせいもあるが、たおやかにもつつましくも見える。「巴塚」と彫られた文字にもいかめしさはない。

　巴塚はしたたるほどの緑に抱かれていた。浅緑から萌黄、若苗、松葉、木賊色まで、濃淡の緑が、十二単の襲のように、見事な配色の美を織りなしている。

　智は塚の前にしゃがみこんで、太いほうの竹筒に庭から伐ってきた薄紅色のシャクナゲの花を挿した。細いほうの竹筒には線香を立てる。袖口からちりめんの火打ち袋をとりだして、石、鉄と火口で火をおこした。

　風がないので、線香の煙は白糸のように一直線に立ちのぼり、梢のあいだの銀色の空へとけてゆく。

「巴御前はん、どうぞ、お心やすらかに」

　頭をたれ、両手を合わせた。

　だれにもいえない悩み、苦しいことや悲しいことがあるたびに、智は巴塚へ詣でる。昨日今日のことではなかった。長い歳月、心のよりどころにしてきた。今では巴塚の主と自分が、切っても切れない因縁で結ばれているような気さえしている。

「うちは巴御前はんの生まれ変わりかもしれん」

実は、そうおもうだけの理由があった。智も巴御前と似たようなおもいを味わっている。しかも、智が巴塚を知ったのも、ふしぎな縁によるものだった。

「ね、そうどっしゃろ」

応えは返ってこなかった。合わせていた手をほどき、裾を払って立ち上がる。と、そのときだった。背後で息を呑む気配がした。

智もおどろいてふりむく。

山門から石塚へつづく道の途中に、見知らぬ男が立っていた。武士にも商人にも見えない。中肉中背の体に鈍色の小袖をまとい、頭には黒い布で四角く仕立てた帽子をかぶっている。足は脚絆に甲掛け草鞋、菅笠と杖を手にした旅姿。

ここ大津宿には東海道、伏見街道、北国街道が通っている。旅人の往来もひんぱんである。だが男は、荷物もなく供もつれていなかった。地味くさく見映えのしないいでたちは、むしろ托鉢僧をおもわせる。

直立不動のまま、男はまだ智を見つめていた。

だれかと勘ちがいしているのか。それにしても、なぜ、そんなにおどろいているのだろう。

軽く会釈をすると、男はひとつ息をつき、安堵した顔で近づいてきた。

「ここで尼さまに出会おうとは、心の臓がとびだすかとおもいました」

巴塚と智を見比べている。その口調にはおどけた響きがあった。

無精髭のせいでむさくるしく見えるが、くっきりした二重まぶたの下のやや釣り気味の目は子供のように澄んでいる。面長の顔は鼻筋も通って、口元もほどよくひきしまり、近くで見れば感じのよい顔だった。

歳は自分とおっつかっつか。

「いややわ。うちを巴御前はんの幽霊とおもわはったんどすね」

ここは義仲寺、尼といえば巴御前をおもうのは無理もない。

智も頬をゆるめた。夫に死なれて二年になるのに、ときおり自分が尼であることを忘れている。

病がちだった夫に代わって、女ながら家業に精を出してきた。跡を継いだ養子がまた商いには疎い風流好みときているから、今でもつい率先して立ち働いてしまう。生来のんびり座っていられない性分だから尼姿などかたちばかり。

「巴御前さんでないとわかってみると、なにやら惜しい気もいたします。御前さんは絶世の美女だったそうで、尼さまをひと目見た瞬間、そうにちがいない、これは義仲さまのお引き合わせかとおもうたのですが……」

「背中に顔はついてまへん」

「いえいえ、それが背中でわかる」

「冗談（てんごう）、いわんといておくれやす。こないな老尼（ろうに）つかまえて」

いいながら、智は胸がはずんでくるのを感じていた。この男には人を魅（ひ）きつけるものがある。顔には出さないものの、智はこのところ鬱々（うつうつ）として不眠に悩まされていた。それが初対面の男とほんのふたことみこと話しただけで、気持ちが明るくなっている。

「旦那（だんな）はんは旅のお人どすか」

「はい。ご覧のとおり」

男はあたりを見まわした。首を伸ばして智の立っている先を見るや、弓形のりっぱな眉（まゆ）をうごめかせる。

「おう、ありがたや。ようやく参拝が叶（かの）うた」

智も首をまわして、男の視線を追いかけた。

「お目当ては木曾塚（きそづか）どすか」

「はい。義仲公の墓参をせねば、大津へ立ちよった甲斐（かい）がありません」

巴塚の隣、山門からはさらに奥まった場所に、源（みなもとの）義仲の墓とされる木曾塚があった。こちらは巴塚とちがって人の背丈ほどの宝塔である。もっともこれは後世になって建立されたものだそうで、当初の墓は信濃（しなの）柿の木を二株植えたものだったと聞いている。

「それでは、ちょいと、失礼して」

男は裾をひるがえして智のかたわらをすりぬけた。機敏な身のこなしは、見た目よりずっと若々しい。四十代の半ばといったところかもしれない。

智はもう一度、会釈をした。このまま帰ってもよかったのに、山門へむかうかわりに木曾塚へ足をむける。

男は、じめついた地面にぺたりと膝をついて、長々と合掌をしていた。線香に火をつけて手渡してやると、感極まったような顔で押しいただき、香をたむける。

「義仲はんのこと、お好きなんどすねぇ」

智は腰を上げた男の裾の汚れに目をやり、微苦笑を浮かべた。世話好きな女の顔が、笑みのうしろからのぞく。

「泥だらけやわ。雑巾かりてきてあげまっさかい、あっこへかけてておくれやす」

出会ったばかりの男に、なぜそんなお節介をしようとおもいついたのか。自分でもわからなかった。自然に言葉が出ている。

木曾塚の背後には小体な庵が立っていた。萱葺きの草庵は古色蒼然として、人の手で建てられたというより、茸といっしょに生えだしたかのようだ。無名の尼が義仲の菩提を弔うために建てたとの伝承があり、無名庵という名がついている。この尼が巴御前だとされ、寺は巴寺とも呼ばれていた。戦国の世に荒廃していた寺を再建したのは、この地の豪族、佐々木六角氏である。

「腰をかけたら、板が抜けそうですな。おおっと、ぎしぎしいうてござる」

庵の濡れ縁にこわごわ座ろうとしている男のへっぴり腰がおかしくて、智は声を立てて笑った。店での愛想笑いは別として、こんなふうに笑ったのは何年ぶりか。

「ひどおすやろ。本堂のほうは建てなおさはったんやけど、庵までは手がまわらんようやわ。けど、心配はいりまへん。米俵やら酒樽やら置いたって、板が抜けたって話は聞きまへんさかい」

「はいはい、なんとかこれなら……。みしみしいうのも歓迎のしるしということで」

男が腰かけるのを見とどけて、御本尊の聖観世音菩薩を祀る本堂へむかう。なぜだろう、泉のように、胸の奥から小さな笑みが湧き上がってきた。

大津は近江国、琵琶湖の西南のほとりにひらけた宿で、北方一帯は園城寺――通称、三井寺――の広大な寺領である。義仲寺も今は三井寺に属していた。そのため住職はいないが、本堂の裏の小屋に留守をあずかる老夫婦が住んでいる。

「お詣りか。いつもご苦労さまやなぁ」

顔見知りの老妻から水の入った手桶と雑巾をかりて、智は庵へもどった。

男は悠然とあたりを見まわしている。人なつこそうな表情は無邪気そのものだが、よく見ると釣り気味の目から放たれる眼光は鋭い。もっともそれは他人を糾弾するような鋭さではなく、好奇心と探求心があふれるあまりの鋭さのようだ。

「ほな、ちょっと」

智は身をかがめ、かたくしぼった雑巾で男の裾をふいてやった。

「恐縮恐縮。巴御前さんの化身にきたない足をふいてもろうては、足がびっくり仰天いたします」

とかなんとかいいながらも、男は平然とされるがままになっている。人の世話になることに馴れているのか。見かけとちがって、由緒ある生まれ育ちかもしれない。

「ええと、旦那はんは……なんてお呼びしたらええんどすか」

智は汚れた雑巾を手桶の水で洗いながら訊ねた。

「芭蕉、とお呼びください。俳号ではありますが」

「はいごう……」

「はい。俳諧を、少々」

智は首をかしげる。「はいかい」の意味がとっさにはつかめなかった。

むろん、俳諧なら知っている。知っているどころか、智も俳諧をたしなんでいた。おととし、夫に死なれたあと、養子の又七から気落ちした心のなぐさめにどうかとすすめられた。それまでは手すさびに絵などを描きちらしてはいたけれど、俳諧ははじめてだった。やってみるとこれがおもしろい。お世辞かもしれないが皆からも才があると褒めそやされて、ますます愉しくなった。若い頃の一時期、和歌に熱中したことが、役に立っているのかもしれない。

大津には風流人が大勢いた。そもそも俳諧は武士のたしなみとされている。豪商のなかにも俳諧師をまねいて連歌会をもよおしたり俳諧集をあんだり……自分の俳諧が名のある俳諧集に載せてもらえるよう研鑽を積む、だけならよいが、金子をばらまく者もいた。

智の俳諧の師匠は裕福な町医者である。

「へえ……そんなら、旦那はんも俳諧のおっ師匠はんどすか」

「ま、そんなとこで……」

洒脱ないでたちをして、酒や食べ物にも一家言をもち、いかにも粋人らしく風流事に明け暮れる。そんな自分の師匠とは似ても似つかない。

智は手桶を脇へ押しやり、濡れ縁に並んで腰をかけた。今一度、男の顔をしげしげとながめる。

「おっ師匠はんはどっからおいでにならはったんどすか」

「お伊勢さんを参拝して、吉野、奈良、大坂、須磨、明石……京をめぐってこちらへ参りました。生まれは伊賀上野ながら住まいは江戸。そろそろ江戸へ帰ります」

「ぎょうさん歩きはりましたんやなぁ。お江戸とはまた遠くから……」

よく見れば、生まれつき色白できめの細かな肌なのだろう、日焼けのせいか赤らんで、しわやしみがきわだっている。それで実際より老けて見えたのかもしれない。

芭蕉のほうもぶしつけな視線をむけてきた。両目がすいとすぼまったかとおもうや、双眸がいっぱいに見開かれ、そのあとはしきりにまぶたをしばたたいている。

「なんとまぁ……わしとしたことが……」

「うちの顔になにか？」

「尼さまには以前も会うております」

「そないなはず、ありまへん」

「いやはや、今まで気づかなんだとは……。いえいえ、たしかに会うております。そのお姿にごまかされました」

芭蕉は両手を揉み合わせた。地獄で仏に会ったような、瓦礫の山から宝物を見つけたような、そんな顔である。

「ごまかすやなんて、どういうことどすか」

「いやぁ、今まで気づかなかったとは、われながら情けない」

芭蕉は左手でおでこを叩いた。ゆがんだ帽子をととのえながら、「菫を忘れるとはのう……」などとつぶやいている。

「菫？　なんどすか、菫って」

「いやいや、こっちのこと、こっちのこと」

「妙やねえ。そないにいわはるんなら、会うてるかもしれまへんけど、うちはちっとも覚えてまへん。いつ、どこで、会うてますのや」

芭蕉は両手を膝に置いて、にこにこ顔をつきだした。

「尼さまのお家は、大津宿で荷問屋をしておられるのではありませんか」

「そうどすけど……なんでそれを？」

大津は交通の要所である。智の婚家は代々伝馬役と問屋役を兼ねた人馬継問屋を営んでいた。界隈でも五本の指に入る豪商だ。

「あれは先おととしでした。山城に友を訪ねた帰り、京から山越えをしてこちらへ参りました。千那さんの紹介で尚白……というてもわからんか……」

「わかります。尚白はんはお医者の江左はんやわ」

「ほう、ようご存じで……。千那さんは堅田の本福寺のご住職。ご住職のお引き合わせで尚白さんと知り合い、数日、ご厄介になりました」

先おととしといえば貞享二年だ。芭蕉は大津宿に着くや、真っ先に人馬継問屋へ馬と馬子を返しにいったという。

智の夫の佐右衛門が死去したのはその翌年だが、当時、智は病床にあった夫に代わって人馬継問屋・河合屋を切り盛りしていた。芭蕉が智に会ったというのは、このとき店頭で働く智の姿を見た、ということらしい。

「あのときは目をみはりました。なんと美しい女性がいたものかとびっくりしたものです。しかも物腰といい話し方といい……荒っぽい人馬の群れのなかで忙しげに働きながら、なんともいえぬ品がある、これはただの女性ではなかろうと……」

江戸はもちろん京・大坂でもそんな女性は見たことがない、いったいどこのゆかしい生まれかと探るような目をむけられて、智はおもわず目を伏せた。他人に知られたくない過去をあばかれそうで、にわかに落ち着かなくなる。

「さっき、菫といわはりました」

あわてて話題を変えた。

「はい。申しました。そのお姿を拝見して、なんとはなしになにやらゆかし菫草……という俳諧をつくりました。江戸へ帰って少々手をくわえましたが……」

「なんとはなしに……なにやらゆかし……菫草」

似たような俳諧があったような気がする。尚白から教えられたような……。

「うちもほんの少し、まねごとを……」

「ほう、俳諧をおやんなさる？　そうか、それで尚白さんをご存じでしたか」

「尚白はんはうちのおっ師匠はんどす」

「ほう、ほう、それはそれは……」

芭蕉は眸を躍らせた。

「尚白さんにはこたびも厄介をおかけしました」

「ほんなら、尚白はんのお宅に?」

「あっちやらこっちやら泊めてもろうております。湖水へ舟を浮かべ月を愛で……」

「そういえば、えらい宗匠はんがおいでになるとうかがいました」

いいかけて、智ははっと目をみはった。

「おっ師匠はんのお名どすけど……さっき、芭蕉はん、いわはりましたなぁ」

「はい」

「芭蕉ッ。もしや、あの芭蕉?　尚白はんがおっ師匠はんと崇める蕉門の宗匠……」

「そんなご大層な者ではありません。ただの旅人です」

「まぁ、いややわぁ。馴れ馴れしゅうに……堪忍しとくれやす」

まさか、この風采の上がらない托鉢僧のごとき男が著名な俳諧師だとは……。芭蕉の話は、折にふれ尚白から聞かされている。

「ご無礼、堪忍しとくれやす。ほな、うちはこれで……」

智は狼狽して腰を浮かせた。

「尼さまのような弟子がいながら引き合わせてくれぬとは、尚白さんも意地がわるい」

「尚白はんにはいわんといておくれやす」

もっと話していたかった。芭蕉といると心がなごむ。

そのくせ、正体を知ってしまった今は、どうにもいたたまれなくなっていた。なにか、いわずもがなのことをいってしまって、笑われはしないか。真っ直ぐな視線に、人知れず抱いている悔いやうしろめたさまで見通されてしまいそうで、それが怖い。

智は手桶(ておけ)に手を伸ばした。

「おっと、お待ちを。尼さまのお名を聞いておりません」

「あ、うちは智……智月(ちげつ)と申します」

「智月……それはよきご法名ですな。智月尼さまにまた、お会いできましょうか」

「それは……むろん、その機会があれば……」

「ありますとも。会いにもどって参ります」

「ほんまどすか」

「はい。まだまだ話し足りません。智月尼さまとは前世からもご縁があるような気がいたします」

「前世からの縁……」

「そのときは、共に月を愛で風の音に耳を傾けて……」

「そのときって、いつ、どすか」

「来年はお伊勢さんの遷宮式があるそうです。こればかりはぜひとも参拝せねばなりません。となれば、来年もまた……」

切れ長の目がじっと智を見つめている。

智は目を伏せた。小娘にもどったように、頬がぽっと熱くなる。

いやゃわ、いい歳した尼のくせに——。

いったい自分をいくつとおもっているのか。しかも、名のある宗匠とはいえ、目の前にいるのは、まだ出会ったばかりの、なんとなく気が合いそうだというだけの男ではないか。

「ほな、首を長(なご)うして、お待ちしてます」

手桶を下げて、そそくさと庵(いおり)をはなれた。

本堂のほうへ歩きかけてふりむくと、芭蕉は矢立(やたて)の筆と墨を使って、帳面になにかさらさらと書きとめている。飄々(ひょうひょう)としたその姿はなんの気負いもなさそうに見えた。朽ちかけた庵の景色にあまりにもしっくりととけこんでいるので、今しがたやってきたばかりとはおもえない。庵といっしょに生えだして、大昔からそこに座っているような……。

「芭蕉、はん……おかしなお人やわ」

智はおもわず忍び笑いをもらしている。

大津街道　寿永三年（一一八四）

息が上がっていた。

体中の節々がぎしぎしと不穏な音を立てている。噴きだした汗で視界がつぶれ、ふり払おうと首をふれば血しぶきがふりかかる。返り血か、自分の血か。

たとえ致命傷を負っていたとしても、今はまだ死ぬわけにはいかなかった。となれば、激痛の出所にとんじゃくしているひまはない。

巴は、主君にして想い人、乳兄弟でもある木曾の冠者、今では朝日将軍とも称される源義仲を護衛しつつ、京からここまで駆け通してきた。

なぜなら、敵対する源頼朝軍の上洛をはばもうとして宇治川のふたつの要所、瀬田と宇治へ進軍していた身方の軍勢が、あろうことか、敗退したと知らせがあったからだ。

このとき、巴は義仲と京にいた。

四年前、以仁王による平家打倒の令旨をうけた頼朝と義仲は、従兄弟同士で呼応して、それぞれ伊豆と木曾で挙兵した。倶利伽羅峠の戦いで大勝した義仲軍は安宅・篠原の戦いでも平家の軍勢をうちのめし、めざましい快進撃でついに入京をはたした。

ところが──。

荒くれ武者の大軍をひきつれての入京は都人の不評を買い、後白河法皇とも齟齬をきたした。あげく、身方であったはずの頼朝軍の追撃をうけるはめにおちいったのである。

「退却じゃッ。法皇をご同道たてまつれッ」

知らせをうけた義仲が命を下したときはすでに遅かった。佐々木高綱、梶原景季という両雄の先陣を競う果敢な働きもあって、源義経ひきいる頼朝軍は宇治川を突破、今しも京へなだれこもうとしていた。

「大軍が押しよせて参ります。もはや猶予はございませぬ」

後白河法皇をおつれするいとまはない。

入京したのちに娶った正室、藤原伊子と名残を惜しむ義仲を追いたて、御所へ迫る敵方の軍勢をかわしながら脱出したのは夜明け前。

追っ手は迫っている。

馬がへたばればそれでおしまいだった。射殺され、喉をかっ切られ、一騎へり二騎へって、逢坂の関を越える頃には、百騎近くはいたはずの軍勢が今は五騎をのこすばかり。

「お館さまッ」

「巴か。ついておったか」

「いずこにゆかれようとも、わらわはおそばをはなれませぬ」

巴は、物心ついたときから義仲といっしょだった。戦に敗れて逃亡してきた幼い義仲を、義仲の乳母の夫である巴の父が匿うことに決めたからだ。

兄二人とおなじく、巴はどこまでも義仲につきしたがう誓いをたてている。女だてらに弓、槍、刀、むろん乗馬も、猛者に負けない技を磨いたのは、いつだれに寝首をかかれるかもしれぬ乱世、義仲を守りたいとの一心からだった。

華奢で色白の愛らしい男児だった義仲を、どれほど愛しんできたことか。兄たちと共に武術を教え、成長したのちは自ら体をひらいて房事を教えた。嫡子を産み育て、側室を自らえらんで与え、ひとたび戦となれば武器をとって共に戦う。自分は義仲の影だと、巴はおもっていた。

なんとしても、生き延びていただかねば――。

義仲が失せれば影も失せる。

京からここまで、ただ逃げてきたわけではない。巴は蝿のようにむらがってくる無数の武者を追い払い、一人ならず深手を負わせた。馬から下りて首をかっ切る余裕こそなかったものの、もし先を急ぐ逃避行でなければ、嬉々としてとどめを刺していたはずだ。これまで、幾多の戦でしてきたように。

頭頂でひとつに結わえた髪はあらかたばらけていた。吹き流しさながら風になびく黒髪は、どんな兜より男たちの目をひく。色白の透きとおった肌は耳たぶまで朱に火照り、いっぱいに見開かれた黒眸がちの目からは霊気すら放たれているように見えた。

「女は殺すな。捕らえよ」

追っ手の声が聞こえたからか。前を駆けていた義仲がふりむきざま「巴ッ」と叫んだ。

「死んではならぬ。捕らわれてもならぬ。逃げよッ」

馬はそうそう走れない。もはや敵を迎え撃つより手はなかった。となれば多勢に無勢、千にひとつも勝機はなさそうだ。

それならそれでよい。勇ましく戦って死ぬまでだ。

「いやじゃ、共に戦うッ」

巴は叫び返した。

「女子を道連れにしたとあっては武将の名折れ。逃げよ」

「逃げませぬ」

「よう聞け。おまえにたのみがある」

「たのみ？」

「義高のことよ。共々に敗死すればどうなる？」

「あッ」

「われらの子じゃ。守れ。奪い返せ。なんとしても、助け出せ」

嫡子は義高という。頼朝の娘、大姫の婿として鎌倉へ送られた。が、これはいうなれば体のよい人質だった。まだ十二歳ではあったが、敵となった以上、頼朝が義仲の子の命を助けるとはおもえない。温情をかければ、敵討ちの種をまくことになる。

「せめて、兄たちが馳せ参じるまではおそばに……」

瀬田でも敗れたと聞いている。が、勇猛な兄たちがむざむざと戦死などしようか。生き残りの兵をひきいて、援護に駆けつけるはずである。

「ならぬ。行けッ」

「なれば自害はせぬと約束してくださいまし。必ず逃げ延びると」

「わかった。行け。行ってくれッ」

巴は唇を嚙んだ。血の味がするほどきつく。

義仲の願いを無視することはできない。

心を決めた。巴は別れも告げず、義仲の背中に最後の一瞥もくれず、速やかに隊をはなれた。

豊かな髪が黒鳥の羽のようにひるがえって、雷光のごとく鞭が宙を切り裂く。

義仲一行は東海道を東南の粟津へむかおうとしていた。巴は北国街道を行くことにした。遠まわりではあったが、ここはなんとしても生き延びて鎌倉へ行くしかない。たちどころに追っ手の一軍が追いかけてきた。

「女、待てッ。逃さぬぞッ」

巴はふりむいた。先頭の武者をにらみつける。

「女ではない、われこそ朝日将軍ッ。よしッ、相手になってやる、一騎打ちだッ」

「おう、望むところよ」

「待てッ。その前に武将なれば名をなのれッ」

「畠山重忠ッ」

鎌倉への土産、いや、たとえ冥土の土産になってもよい。いさぎよく戦って首をねじ切ってくれようと、巴は身構えた。

ところが、いざッ、行くぞッと叫ぶ前に虚を衝かれた。

畠山は、身構えもしなければ、声を発しもしなかった。槍をつきだし、いきなり体ごと突進してきた。これでは不作法な野武士の戦法ではないか。

不意打ちされて、さしもの巴も後れをとった。間一髪でかわしたものの、槍は巴の籠手を貫いた。腕の動きをじゃまされる。

畠山は奇声を上げてとびかかってきた。

絶体絶命に見えたこのとき、たったひとつ、巴に有利なことがあった。一騎打ちを見とどけようと、後続の武者たちがいっせいに動きを止めていたことだ。

巴は、目にも留まらぬ速さで籠手をひきちぎり、馬に鞭をあてた。

「春風、ゆくぞッ」

名を呼ばれた愛馬は畠山をふりのけ、猛然と駆けだす。

「追え、追えーッ」

いったんはわめいたものの、畠山は声を呑み、「いや、待てッ」と追いかけようとした武者たちをひきとめた。

「追わずともよい」見る見る遠ざかってゆく馬上の女に見惚れる。「あれは人にあらず。女の姿を借りた鬼神よ」

巴は、早くも黒い点になっていた。

大津宿　元禄二年（一六八九）

「お姑はん、これ」

帳場に座っていた智に、嫁の佳江が又七からとどいた文を見せにきた。

朝夕は人馬でごったがえす人馬継問屋の店頭も、昼下がりの今は束の間の静けさにつつまれている。

「あんたにきた文やろ。うちが見てもええんどすか」

「お姑はんにも見せるように、て書いてまっさかい」

養子の又七は、ひと月ほど前から金沢へ出かけていた。所用もあるにはあったが、所用にかこつけて風雅三昧、という魂胆だろう。

佐右衛門と智夫婦の子は次々に早世してしまった。又七を養子に……という話が出たとき、京の公家育ちの弟に人馬継問屋のような荒っぽい仕事ができるかと、智は危ぶんだものだ。智の実家は公家である。が、佐右衛門はとりあわなかった。それが、身分ちがいの家へ嫁ぎ、馴れない家業に励んでくれた妻へしてやれる精一杯のいたわりだとおもったのだろう。又七に佐右衛門の身内の娘を娶らせ、家業を継がせた。

そう、又七は智の弟である。少なくとも、表向きはそういうことになっている。

智が案じたとおり、又七は商才に乏しかった。それでも、古参の番頭や手代、智に助けられて、今のところ家業はとどこおりなく営まれている。嫁の佳江とのあいだには子もできて、ひとまずは智も安堵した。

「あの子も、もう少し、お商売に精だしてくれるとええのやけど……」

口癖になった愚痴をこぼしながら文を開く。

愚痴をこぼしても、面とむかって又七に小言をいったことはなかった。いいたくてもいえない。甘やかしてはいけないとおもいつつ、ついつい甘やかしてしまうのは、自分に負い目があるからだろう。

「まぁ、芭蕉はんの……」

文を読むなり、智は目をかがやかせた。

芭蕉は今、金沢にいる。又七は首尾よく対面することができた。連歌会にも参加して、芭蕉門下に名を連ねたという。

「お姑はんも会うたことがあるそうどすなぁ」

どこで会ったのかと訊かれて、智は返事をにごした。

「会うた、いうても、店でちょこっと挨拶しただけや」

義仲寺で出会ったことは、だれにも教えたくない。二人だけの秘密にしておきたいなどとおもうのは小娘めいた感傷だとわかっていたが、そうおもうだけで、智は五つも十も若返ったような気がした。

――なんや、お母はん、いつからそないに芭蕉の俳諧が好きにならはったんや。

智が突然、芭蕉に関心を抱きはじめ、俳諧にも熱心になったので、又七はいぶかしんでいた。それでも、母の華やいだ気分は息子にも伝染するのか、又七自身も蕉門に加わりたいと願うようになっていた。

「よかったなぁ、願いが叶うて」

「芭蕉はんて、そないにすごいお人どすか」

「むろんや、尚白はんかて門弟にならはったくらいやもの」

「じきに大津へもおいでるそうどすなぁ」

「そら、おいでてもらわな……」

「え？」

「いいえ、芭蕉はんがおいでてくれはったら、みんな喜ばはるやろ」

智はざわめく胸を鎮めた。

義仲寺で芭蕉と出会ってから、一年の余が経っている。孫のいるこんな歳になって惚れたはれたもないけれど、長年つれそった夫に死なれ、鬱然と暮らしていた女にとって、芭蕉とのなんということもないひとときは、なんということがないだけに、かえって貴重なものだった。

もういっぺん、お会いしたい——。

あれ以来、智は芭蕉との再会を待ちわびていた。

芭蕉は伊勢大神宮の遷宮式に駆けつけるといっていた。遷宮式は九月に終わっている。先に立ちよるか、帰りによるか、今日は来るか、明日は来るかと耳をそばだてていたところに、この又七の文。

なんや、金沢におったんか――。

がっかりはしたものの、又七が書いてきたところでは、芭蕉は大津で越年するつもりでいるらしい。

「どこへ泊まらはるんやろ。やっぱし尚白はんのとこどっしゃろな」

「さぁ、どうやろ……」

智は首をかしげた。無名庵の濡れ縁に座る男の姿がまぶたの裏によみがえる。

よほどの物好きでなければ、あの茅屋のごとき庵で年を越そうとはおもわないはずだ。それでも智は、大津で越年すると知ったとたん、芭蕉はあの庵へ泊まるにちがいないと確信していた。

「芭蕉はんは、そんじょそこいらの俳諧師とはちごうてはるそうやし……」

各地の素封家を訪ね歩き、評価を競いあう者たちの俳諧に点をつけて銭を稼ぐ点取俳諧が横行するなかで、芭蕉はこれを、自らはむろん門弟たちにも厳禁している。つまり、世俗にまみれた俳諧師とは一線を画しているということだ。

智は、無邪気なようで思慮深く、剽軽なようで鋭く、それでいてどこか寂しげにも見えた芭蕉のまなざしをおもいだしていた。

「番頭はんを呼んできとくれやす。ちょっと出かけてきまっさかい」

又七の文を佳江に返し、帳場をあとにする。そのまま家を出た。

河合屋は問屋や会所(かいしょ)が立ち並ぶ繁華な場所にある。街道を道なりに南へ行けば、高札場(こうさつば)や番所のある宿のはずれへ出る。義仲寺はその少し手前の右手にあった。ともかく義仲寺へ行って、今やいちばんの話し相手である巴塚に、又七からの知らせを伝えたい。

秋の一日、照ったり曇ったり、めまぐるしく変わる空の下を、人馬が忙しげに行き交っていた。風が吹くたびに砂埃(すなぼこり)が舞い上がる。

もう少しで義仲寺、というところまで来て、智は足を止めた。左の肩先を、疾風が駆けぬけたような……。

人を乗せた数頭の馬が、ひときわ盛大に砂埃を巻きあげながら、すさまじい勢いで遠ざかってゆく。鈍い光がきらめき、尾を引いて消えた。

あの馬上の男たちは、もしや、甲冑(かっちゅう)で身をかためていたのではないか。

あほな、戦乱の世やあるまいし――。

智はふーッと息をついた。もちろん、幻を見たのだろう。それ以外には考えられない。わかってはいても、胸のどこかで幻ではないといいたてる声がしていた。あれは敗残の小軍、甲冑をつけた武者たちが粟津へむかって駆け去るところではなかったか。

そう、あれこそ義仲一行……。

智は茫然(ぼうぜん)と道のかなたをながめた。

ようやくわれに返って、義仲寺の山門をくぐる。

境内へ一歩足をふみいれるや、街道の喧噪が遠ざかり、幽界の静寂がとってかわった。人の姿はない。枯れ落ちるときを待つ木々の葉が、齢を重ねて思慮深くなった人のように、渋い陰影を重ねている。薄の穂がひと群れ、さわさわと風にそよいでいた。

智は庵を見た。

木漏れ日がさしこむたびに、濡れ縁の床板から浮き上がった塵芥が躍っているように見える。人はいないが、智の目には、今しがた自分のかたわらを駆けぬけた人馬の小軍のようにくっきりと、芭蕉の姿が映っていた。

「芭蕉はん、早うもどってぇな」

声に出していってみる。

智はいつものように、まず巴塚に詣でた。

「芭蕉はんがもどってきやはるんや。御前はんかて、うれしゅおすやろ」

又七の文を見た勢いでとびだしてきたので、香華はない。台座の上に銅銭をひとつ置く。隣の木曾塚にも銅銭を置いた。芭蕉が義仲に格別な憧憬を抱いているとわかってからは、必ず木曾塚にも詣でることにしている。

合掌し終えて腰を上げたとき、寺の留守居の妻女が近づいてきた。落ち葉を掃いていたようで、竹箒を手にしている。

「信心深いお人やなぁ。今日は二度目やおへんか」

　智は首をかしげた。

「今日は今がはじめてどすけど……」

「あれ、そうどすか。なら、早朝、来てはったのはどなたはんどっしゃろ」

　東の空が白々と明けかけた頃、妻女は智によく似た尼姿の女を見たという。

「木曾塚の前にうずくまって一心不乱に祈ってはったさかい、声はかけまへんどした」

　朝夕は冷え込む。しばらくして白湯をふるまおうと見に行ったときは、もういなくなっていたという。

「旅のお人やおまへんか」

「あないな薄い衣で旅してみ、風邪ひいてまうわ」

「三井寺に泊めてもろてはるんどっしゃろ」

「そうか。そうかもしれんなぁ」

　妻女とふたことみこと立ち話をして、智は山門へ引き返した。門をくぐるときにはもう尼の話は忘れている。

　風が強まっていた。紅葉にはまだ早い。それなのに、どこからか紅葉がふってきた。

　身をかがめて拾い上げ、ふところへ入れる。

　散ってもなお燃え立つ葉を胸に抱きながら、智はわが家へ帰っていった。

二

大津・義仲寺　元禄二年（一六八九）

年甲斐もなく胸をはずませながら、それでも、無名庵を訪うより先に巴塚へ詣でる。智はこの日も、逸る心を鎮めて、塚の前で両手を合わせた。

巴御前はん。芭蕉はんが、またおいでてくれはりましたえ――。

芭蕉が大津へやってきた。

この義仲寺で知り合ったのが昨年五月だから、一年半は待ちつづけたことになる。

とはいえ、その間、まったく音沙汰がなかったわけではない。

智も俳諧をたしなんでいる。師匠の尚白は芭蕉の門人なので、こちらが知りたいと願って耳を傾ければ、噂はいくらでも聞こえてきた。おもえば、芭蕉の噂は以前から人々の口を行き来していたはずで、智の耳にもとどいていたにちがいない。

ほんとうに知りたいこと以外は、見ても見えない、聞いても聞こえない。そういうものだ。ならば反対に、見えないものが見えたり、聞こえないものが聞こえたりしても、ふしぎはないのかもしれない。

　このところ寺を詣でるたびに感じる妖気——人の気配のようなもの——を、智は今もまた強く感じていた。だれかがそばにいるような……。

「御前はんやおまへんか。なぁ、そうどっしゃろ。あんたとうちの仲や、隠れんかてええやないか」

　小声で語りかけながら、石塚につもった雪を払おうとしたときだ。

「隠れてなどおりません」

　男の声がした。

「芭蕉はんッ。いえ、宗匠はん。まぁ、そないなとこにいやはったとは……」

「芭蕉とお呼びください。智月尼さまに宗匠はんなどと呼ばれると、なにやら身がかとうなってしまいます」

　塚の背後の藪陰からぬっと顔をだした芭蕉は、智が合掌しているあいだに庵の濡れ縁からおりてきたのか。若くもない男が、いたずらっ子のように眸を躍らせている。

「そんなら、うちも智月尼さまはやめとくれやす。こそばゆなってしまいまっさかい」

　智の声はうわずっていた。たった一度会っただけの男に、なぜこうも胸がときめくのか。しかもこちらは老尼、相手は風采の上がらぬ旅の俳諧師。

「ふしぎやわ。こんなことというたらもったいのおすけど、芭蕉はん見てると、親類のだれかが帰ってきはったみたいな気がします」

「それはこちらも同様。大津で美しい妹……」

「姉どす。芭蕉はんのお歳をうかごうたら、うちより十も下どした」

「こいつはたまげた。ま、歳などどうでもようござる。姉さんが待っててくれるとおもうたら、近江へくる足が速うなります」

「それにしては、ずいぶんとごゆっくりどしたえ。お伊勢さんへお詣りしたあと郷里へ帰らはったと聞いて、ほな、次はこちらか……と待ってましたけど、そのまま京へお行きやしたそうで……」

芭蕉は各地に門弟がいる。待ちわびているのは、智だけではなかった。身内でも想い人でもない自分がよけいなことを……と、智は身をすくめた。

「ほんでも、うれしゅおす。こうしてまたお会いできました」

芭蕉は笑みを浮かべている。光の加減によっては鋭く見える目だが、今は鋭さのかけらもなかった。親愛の情だけがあふれている。

「どうあっても、ここで年越しをしようと決めておりました。それゆえ、あれこれ野暮用をかたづけて……と、まぁ、そんなことより、なにも立ち話をすることはありません。そこへ座って話しましょう」

芭蕉は濡れ縁のほうへあごをしゃくった。先に立って歩き、はじめて出会ったときのように鈍色の小袖を払ってひょいと縁に腰をかける。

「さぁさぁ、ここへどうぞ」

まるで自分の家のように濡れ縁をとんとんと叩く仕草がおかしい。

「そういえば、この前はびくびくしてはりましたなぁ。朽ちかけた板が抜けそうや、いわはって……」

智もかたわらに腰をおろした。

「そうでしたな」と、芭蕉は笑う。細めた目を一瞬、別人のように生真面目なまなざしに変えて、じっと智の目を見た。

「わしとしたことが、あのときはなにをびくついたか。朽ち果てた板と共に落ちるものなら、それもよい、と、今はおもうています」

智は目を伏せた。ほんの少し尻をずらしたのは、芭蕉から離れようとしたからではなく、芭蕉のひと言ひと言に胸を波立たせてしまう自分が恥ずかしくなったからである。

「おくのほそ道の旅、いうのんをしやはったそうで、おめでとさんでございます」

智は話題を変えた。

芭蕉はこの春から秋にかけて、長旅をしたと聞いている。

「はい。ようやっと、念願のひとつが叶いました」

「遠いとこへ、ようもまぁ、行かはりましたなぁ」

「半年……六か月近い旅でした。生きて帰れるかどうかわかりません。深川の庵を人にゆずって旅に出たときは、日月ならぬ、この身もまさに百代の過客……おかげで多少とものこっていた執着ものうなり、身も心も軽うなりました」

「ほんなら、帰る家はもうおまへんのどすか」

「もとより、わが家というほどのものはありません。ま、弟子のいるところがわが家のようなものでして……」

　俳諧の宗匠とはそういうものか。

　智のまわりには俳諧をたしなむ人々が大勢いる。智の目には、皆、執着やこだわりが人一倍強いように見えた。俳諧は高尚な趣味で、裕福な人々の手すさび。たとえば智の師匠の尚白が家をすてて旅に出るところなど、想像もできない。

　智は芭蕉の横顔をまじまじと見た。昨年と変わらず、鼻筋の通った面長の顔は陽に焼けてくすんだ色をしているが、無精髭を剃っているぶん、こざっぱりとして、昨年より若々しく見える。

「そうそう。ご息子にお会いしました」

　芭蕉はくっきりとした目元をほころばせた。

「うちも金沢から文をもらいました。芭蕉はんの門弟に加えてもろたそうで、大喜びしてましたえ」

「風流のわかる、実に気持ちのよい若者ですな」

「風流は、ええのんどすけど……」

「あれこれと気くばりをしていただきました。さすがは大店の若旦那です。それに、母御に似て眉目秀麗……」

いやや、とつぶやいて、智は唇をゆがめた。

養子の又七については屈託がある。だれにも打ち明けず、ひとりで秘密をかかえこんできたけれど、近ごろはそれが重荷になっていた。いつか、そう、もう少し親しくなったら、芭蕉に聞いてもらえるかもしれない……。

「芭蕉はんは、ほんまにここで年を越さはるおつもりどすか」

智は薄暗い庵のなかに目をむけた。障子を開けはなしてあるので、家具も調度もない、がらんとした座敷の中がすっかり見える。くずれかけた漆喰の壁や破れ畳を見るまでもなく、ここに寝泊まりするのがどんなに酔狂か、よくわかった。この季節の寒さをおもえば、十人に九人は怖気をふるうにちがいない。黴臭くないだけましではあるが、それは風通しがよいということでもあって……。

「お風邪、ひきはらしまへんやろか」

「寒いのはなれております。橋の下、大樹の陰、雨露さえしのげれば、どこでも旅寝はできるもの。屋根があるだけ上等上等」

「そないにいわはったかて……」

「大津の門人衆から三井寺さんにたのんでいただいたのですが、この茅屋に人が住めるかとあきれられたそうで……。しかし木曾の冠者、源義仲公のおそばで新たな年を迎える千載一遇の機会ゆえ、逃すわけには参りません」

義仲寺は園城寺——通称、三井寺——の末寺のひとつで、住職がいない。留守居の夫婦が本堂の裏の小屋に住んでいるだけだ。

「ご不便どっしゃろ。むろん、息子に要り用なものは運ばせまっけど」

「はい。乙州さんもさよう仰せでした。いよいよ困ったら、うちへ泊まるようにと」

乙州は又七の俳号である。

「まぁ、ぜひとも、そうしておくれやす」智は目をかがやかせた。

「うちへおいでてくれはったら、どんなに……どんなに息子が喜ぶか……」

「では一度、うかがわせていただきましょう」

「ほんまッ。ほんまどすか」

「ただし……」と芭蕉は目くばせをした。

「門人衆にはくれぐれも内密に願いますよ。ぞろぞろ押しかけられては、智月さんと俳諧を詠み合うひまがありません」

うなずきながら、智は片手を頰に当てている。

世俗への執着をすてた旅の俳諧師、四十半ばをすぎている芭蕉が、自分より歳上の尼に男としての関心をもつはずがない。ましてや、女をすてた自分が男に惹かれるなど、あろうはずがなかった。

とはいうものの――。

だったら、この胸のときめきはなんなのか。

「きっと、おいでておくれやす。約束どすえ」

「はいはい。一両日中にはうかがいます」

となれば、お大尽の門弟たちにはできない、自分らしいもてなしをしたい。湖に舟を浮かべたり、景観を誇る楼殿に美酒珍味を並べるよりも、近江の素朴な郷土料理を自らの手でつくって……と、智は早くもおもいをめぐらせている。

しばし歓談をしたあとは、庵の粗末な台所を調べた。

「あれまぁ。これでは飢え死にしてしまいますえ。お米やら味噌やら……そうやわ、御酒も要りまっしゃろ。炭かてもっとぎょうさんないと、雪に閉じこめられたとき難儀しはります。夜着や綿入れはどないどすか。店の者にとどけさせまひょか」

智は世話好きである。

半分は世話をやく弟を見つけた姉の顔、半分は好もしい男にめぐり合った女の顔で、智はいそいそと家へ帰って行った。

鎌倉　寿永三年（一一八四）

「おう、また泣かせおったか。まったく気性の荒い女子よ」

館の庭へ出てきた中原兼遠は、武者姿の愛娘を見て苦笑した。

「泣かせたわけではありませぬ。鞘巻を見せたら急に泣きだして……」

きりりとした目で父を見返した巴は、まだ十かそこいらの小娘である。

「鞘巻は敵の首級をかきとる刀じゃ。さようなものを見せるゆえ、忌まわしい出来事をおもいだしたのであろう」

「刀ごときに怯えるは男子にあらず。さ、駒王丸さま、巴が作法をお教えいたします。戦場で敵将の首級を挙げるは武士の誉れ……」

闊達にいいながらも、巴は泣きじゃくる義仲――幼名・駒王丸――の華奢な体を抱きしめていた。弟として世話をすることになった愛らしい男児を、全身全霊をかけて立派な武将に育てあげようと、巴は心に誓っている。

「駒王丸さま、駒王丸さま……あぁ、義仲さま……」

うなされていたらしい。

薄目を開けると、戸の隙間から光が差しこんでいた。ということは朝か。

では、父も義仲も夢だったのだ。

むろん、そうだ。父はとうの昔に彼岸の人となり、兄たちも源頼朝軍に蹴散らされたと聞いている。義仲の生死は知れない。

巴はいきおいよく半身を起こした。とたんにうッと顔をしかめる。背中から腰へ激痛が走った。昨日の死闘の名残である。

大津街道で義仲一行と別れてからは難儀の連続だった。あえて北国街道へ逃れ、追っ手を撃退して長浜へ、そこから東へむかったまではよかったが、関ヶ原へ差しかかる手前で愛馬の春風が力尽きた。やむなく死骸を村人に売りわたし、さらに鎧と太刀を売り払って路銀を手に入れ、ついでに若武者の扮装をした。護身用の短刀をふところに抱き、菅笠で顔を隠して、徒歩で東へむかう。

木曾の山育ちに加え、合戦で鍛えた足腰は、簡単には音を上げなかった。が、那古野から東海道へ出て鎌倉へ至る道には数々の落とし穴が待っていた。だれもがふりむくほどの美貌である。男装をしていても魔の手は忍びよってくる。

路銀を奪われそうになったり物陰へ連れこまれそうになったりするたびに、巴は容赦なく狼藉者の首をかき切った。敗残したとはいえ、いまだ戦場にいる心持ちである。

なんとしても鎌倉へ——。

それが義仲との約束だった。

鎌倉にはわが子、義高がいる。頼朝と義仲が敵同士になった今、義高の命も風前の灯火だった。助けださなければならない。守ってやらなければならない。わが命と引き替えにしても、義高を……。

一刻も早くとあせっているのでよけいな闘いはしたくなかったが、仕掛けられればやむをえない。

昨日もあわやといううめにあった。しかも狼藉者は一人ではなかった。大磯宿のあたりから、巴を女と見破った一団がつかずはなれず追いかけてきた。捕らえてどこかへ売りとばそうとでもいう魂胆か。

巴は受けて立つ覚悟をした。戦場で名だたる荒武者を相手にしてきた女が、山賊ごときに背中を見せるわけにはいかない。雑木林へ誘いこみ、先手を打って攻撃に出た。ところがどこに隠れていたのか。倒しても倒しても新たな敵があらわれる。

長時間にわたる死闘の果てに頭領とおぼしき男を仕留めたものの、路銀を盗まれ、体中が痣だらけになっていた。

鎌倉はもう目と鼻の先だ。といって、このいでたちで、頼朝の館へ乗りこむわけにはいかない。幸い親切な農夫に納屋の一隅を借りることができたので、巴はひと晩、疲れはてた体を休めることにした。

旅のあいだ一度も夢を見なかったのは、気が急いていたからか。それだけではない。うしろをふりむけば、思い出に足をとられて、一歩も前へ進めなくなってしまう恐れがあった。苦しみにのたうち、自暴自棄になってしまいかねない。

だから前へ、ひたすら前へ……。

巴は目をしばたたき、首を左右にふって、夢の残骸をふりすてた。今朝にかぎって夢を見たのはなぜだろうといぶかる気持ちも脇へ押しやって、この日なすべきことを指折り数えてみる。

まずは大姫の侍女をつかまえて、義高の居所を探りだすことだ。大姫は頼朝の娘で、義高の許婚である。

義高を救いだせればよし。失敗すれば、頼朝とも渡り合うことになる。そのときはそれなりの武器が必要だった。盗みはしたくないが、大事の前の小事、どこかへ忍びこんで、武具一式を拝借するしかなさそうである。

なんといっても鎌倉は未知の場所だった。今や敵地である。伝手をたより、戦の行方にも耳をそばだてて、慎重に行動しなければならない。

次第に明るくなってゆく納屋のなかで、思案をめぐらせていたときだった。

忙(せわ)しげな足音が近づいてきた。

「あれまぁ、やっぱり。こんなことじゃないかとおもったよ」

農夫の妻の声がした。

「どうした？　おれに用か」

巴は戸口へ駆けよる。戸を開けようとしたが開かない。

「お待ち。お待ちってば。今、開けてやるから」

「いったいどういう……」

「つっかい棒がしてあるのさ。うちの人は朝になるのを待ちかねて出かけていった。それでぴんときたんだ。おまえさんを閉じこめて、お武家衆を呼びにいったんだろうよ」

「でも、どうして……」

血の気がひいていく。

「素性の知れぬ女を見つけたら知らせるようにとお触れがあったのさ」

では、頼朝は、義高の母が鎌倉へ乗りこんでくると予想していたのか。大津で自分を見逃した一軍も、どうせ女のこと、鎌倉で捕らえればよいと高をくくっていたのかもしれない。

「あんたが女だってことは、よく見りゃわかる。男のふりをしたから、うちの人はかえって怪しいと気づいたんだ。さ、今のうちにお逃げ」

　昨夜は疲労困憊（こんぱい）していた。そうはいっても、つっかい棒をされて気づかなかったのは自分の落ち度だった。夢など見て眠りこけていたとは……。起きてからもぐずぐずしていた。あれこれ考えるひまがあったら、真っ先に逃げだす算段をすべきだった。

　臍（ほぞ）を噛（か）んでももう遅い。農婦の機転がなければどうなっていたか。

「助かったッ。この恩は忘れぬ」

「いいから、ほれ、早（はよ）う」

　巴は戸を開けた。

　と、そのときだった。目の前を閃光（せんこう）が走った。血しぶきがふりかかり、土煙が舞い上がって、農婦が声もなく、くずおれた。

「な、なにやつ……」

　巴はあとずさる。

　問うまでもなかった。たった一人の、世に聞こえた女武者を捕らえるために、五十か百か、おびただしい兵が武器を手に納屋をとりかこんでいる。

「木曾の女だな」と問われて、巴は大声で叫び返した。

「いかにも。われこそ巴なり。ふれるなッ。大姫さまの御父上のところへ連れてゆけ」

大津・河合屋　元禄二年（一六八九）

「芭蕉はんは、見かけとちごうて、こわいお人どすなぁ」

大津宿の人馬継問屋・河合屋の離れで、智は芭蕉とむき合っていた。

長患いをしていた智の亡夫が生前つかっていた離れは、空き家になったあと、建て替えられて、今は賓客用の座敷になっている。

外は雪。灯籠にも、松の枝にも、鹿威しにもうっすらと雪がつもって、丹精された庭は白一色、厳かな静けさのなかにある。

「こわい……ほう、わしのどこがこおうござりますかな」

芭蕉はおどけて聞き返した。

再会してから四日目である。一両日中に……と約束をしながら、無名庵には次々に門人が押しかけていたようで、芭蕉がようやく河合屋を訪ねてきたのは、雪が降りはじめたこの日の午少し前だった。

飄々とした風貌に似合わず細やかな心くばりをする芭蕉のこと、智の家業の忙しさをおもいやり、迷惑がかからぬようにと気をまわして、あえて雪の日をえらんだのかもしれない。

　智はむろん、又七(またしち)夫婦も大喜びで芭蕉を迎えた。俳諧(はいかい)、おくのほそ道、江戸(えど)、金沢……話ははずみ、和(なご)やかなうちに昼餉(ひるげ)を終えた。そのあとは芭蕉が無名庵で詠んだ俳諧を披露、智や又七も請われるままに近作を詠じたりしていたが、雪が小降りになったせいか、次第に店のほうが騒がしくなってきた。

　番頭に呼ばれ、又七夫婦が未練をのこしつつ出て行ったのはつい今しがたで、離れにのこったのは智と芭蕉の二人きり。

　歓待され、腹も満ち足りて、芭蕉はにこやかな顔である。となれば、ぐっと親しみもまして、智はおもったままを口にした。

「こわい、いうても、情がこわいんやおへん。なんかこう、お胸のうちにひりひりしたもんがある、いうことどす」

「胸のうちに、ひりひり……」

　芭蕉は真顔になった。

「なにゆえ、さようなことをおもわれたのですかな」

「さっきの俳諧どす。ようはわかりまへんが、なんでっしゃろ、腹を立てていやはるような気ぃがしました」

「何にこの……というやつですかな」

「へえ。何にこの師走の市にゆく烏、どす。芭蕉はんは烏を嫌うてはる。なんで師走の市へゆくのかと、腹を立ててはる。烏や市をなんに見立ててはるんか知りまへんけど、ずいぶんときつい物いいやおまへんか」

すると芭蕉は心底うれしそうな顔をした。よくぞいい当ててくれたとばかり、何度も大きくうなずく。

「これはおどろいた。まだなんの説明もせなんだが……」

「なんに見立ててはるんどすか」

「まぁ、なんに、といわれても困りますが……金儲けで鵜の目鷹の目になっているところへわざわざ出かけて行って、あさましくも残飯を漁ろうとする。いずこにも、そういう輩はおるもので……」

「俳諧のお仲間のこと、いうてはるんどすか」

智は小首をかしげた。

「それもあります。大衆に媚びて点取俳諧にいそしむ者は真っ黒けの烏。むろん、俳諧だけのことではありません」

「わかりました」と、智は手を打った。

「なんで芭蕉はんが、木曾義仲はんを慕うてはるのか」

「ほう……なんでですか」

「勇猛果敢やのに、愚直すぎて策をろうしたり人に媚びたりせえへんさかい、あえなく頼朝方に敗れてもうた。そこが……黒い烏やないとこが、お好きなんやおまへんか」

「そのとおり、そのとおり」と、芭蕉は目を細める。

「やはり智月さんは赤の他人ではありません。心の底まで見とおされるとは、前世では姉弟か夫婦か、よほど深い因縁があったに相違なし」

芭蕉にいわれて、智は胸をざわめかせた。といってもそれは、浮ついた恋やかりそめの戯れとはちがう、胸の奥深くから湧き上がるざわめきだった。

なぜ、ひと目で芭蕉に惹かれたのか。今ならわかる。芭蕉も自分とおなじものを胸のうちにかかえこんでいたからだろう。

自分も黒鳥に翻弄されてきた。ひりひりするものをかかえている。

おもいだしたくはなかったが、臭いものに蓋をしてしまうのもいやだった。

「芭蕉はんは『おのが音の少将』いうお人をご存じどすか」

身の上話をするのもはばかられるので、古の歌人の話をもちだしてみる。

芭蕉は目を丸くした。しばし考え、はいとうなずく。

「おのが音につらき別れはありとだに　おもひも知らで鶏や鳴くらむ」

「さすがは俳諧の宗匠はんやわ。ようご存じやこと」

「いえいえ、義仲寺の留守居さんに教えてもらいました。作者の藻璧門院少将は鎌倉時代の藤原某とやらいう絵師の娘さんで、後堀河天皇の中宮、藻璧門院さまに仕えていたころ、この歌でたいそうな評判になったとか……。そのお人は、この近くに隠棲しておられたとうかがいました」

「女房三十六歌仙のお一人どす。藤原定家はんは『おのが音』の歌を称賛されて、少将はんに古今集をお与えになられたとか」

「歌の上手な尼さん……ふむ、巴御前さん、少将さん、智月さん……ますます近江が忘れがたい場所になりました」

軽く調子を合わせながらも、芭蕉の目は、なぜ鎌倉時代の宮中の歌人の話が出てきたのかと智の表情を探っていた。

智はひとつ深呼吸をする。

「藻璧門院はんのお父上は九条道家はん、摂政・関白までのぼりつめたお人どすけど、鎌倉のお武家衆にふりまわされて、難儀なおもいもぎょうさんしやはったそうどす」

「ほう、それは知りませんでした」

「幕府方に薬、盛られて死んだ、いう噂かて、ありまっさかい……」

いってしまった――。

智は身をすくめた。

芭蕉はなにもいわない。いわないが、鋭い視線が智の目を射貫いていた。智は早くも、こんなときに物騒な話をしてしまったことを後悔している。

「よけいなこと、いうてしまいました。堪忍どす」

「九条道家は鎌倉幕府のだれぞに暗殺された、と？」

「いいえ、そないなことはどうでもええんどす。うちはただ……うちがいいたいのは藻壁門院はんのことやのうて……」

智はあわててごまかそうとした。

「そうやわ。少将はんのお歌の話どした。芭蕉はんの『何にこの』でおもいだしたんどす。少将はんにも『それをだに』いう歌がおます」

「それをだに……ほう、そのあとは？」

「それをだに心のままの命とて　やすくも……」

「やすくも……？」

「いいえ、いえいえ。少将はんのお歌はもうよしにしまひょ。それより芭蕉はんの……」

「まぁ、お待ちを。そこまで聞いて尻切れとんぼでは、寝覚めもわるうなりましょう」

「すんまへん。けど、ほんまに忘れてしまいました」

智はふところから懐紙をだして、額と鼻の汗をおさえた。

忘れてなどいない。「やすくも」のあとは「恋に身をやかへてむ」とつづく。おもうにまかせぬ人生だけれど、せめてこの身は心のまま、恋と引き替えにしてしまおう

——という熱情のこもった恋の歌である。

尼の身だから恋の歌を口にするのをためらったのではない。なぜか突然、恥ずかしくてたまらなくなった。芭蕉と二人きりでいる喜びは、一方で、まだ男を知らないおぼこ娘の時代へ引きもどされてしまいそうな心許なさがあった。

「お忘れとあらば、いたしかたありません」

芭蕉はおっとりと返した。歳下の男の落ち着きぶりが少しばかり憎らしい。「それをだに」の歌も、もしや知っていて、知らぬふりをしているのではないか。

「せっかくやさかい、芭蕉はんの俳諧、もっとお聞きしとおす」

智は居住まいをあらためた。宗匠にむきあう弟子の顔になって、発句をせがむ。

「でしたら、ご一緒に」

雪化粧の庭をながめながら、二人は俳諧を唱和した。

「少将の尼の咄や志賀の雪」と芭蕉が詠めば、「あなたは真砂ここは木枯」と智がつづける。智の発句「草箒かばかり老の家の雪」には、「火桶をつつむ墨染の衣」と芭蕉が脇をつけた。

「木枯だ老の家だと謙遜ばかりしていますが、智月さんは巴御前さんの生まれ変わり、常人の歳など前世に置き忘れてきたように見えますよ」

芭蕉に真顔でいわれて、智もおもわず顔をほころばせている。

至福のひとときだった。

仕事をかたづけてもどってきた又七夫婦をまじえ、四人はにぎやかに夕餉を食べた。

「どうぞ、よいお年を」

「なんぞ足りないものがおありどしたら、遠慮のういうておくれやす。すぐにご用意いたしまっさかい」

「年が明けたら、おせち、おとどけにあがりまひょ」

店の若い衆に送られて、芭蕉は無名庵へ帰ってゆく。

歩きだす寸前に、見送りにきた智に耳打ちをした。

「そういえば、後光明天皇にも毒殺の噂がありました」

智がはっと目をみはったときにはもう、芭蕉の姿は夕闇のなかに消えていた。

京・下御所　承応三年（一六五四）

元日の節会も朝覲の行幸も終えて、のこすは殿上の淵酔……といえば、飲めや唄えの大宴会だから、宮中はいやでも華やいでいる。

浮き立つ心をおさえきれず、御簾越しに篝火に照らしだされた庭をながめていた智は、ふいに耳打ちをされて真っ赤になった。勾当内侍の耳打ちがなにを意味するか、訊かなくてもわかっている。

「小少将どの。主上にお薬をお持ちするよう」

「かしこまりました」

智は公家の娘である。縁あって少女のとき、宮中へあがった。二十歳になった今は帝の身のまわりのお世話をする内侍の一人で、上臈と呼ばれる高い地位についている。

今上帝は後に後光明天皇と諡される方である。二十二歳の若さながら、すでに在位は十一年。剛直で気性の烈しい帝は反骨精神も旺盛で、江戸の幕府にことごとく楯を突いていた。

まだ皇后も中宮もいない。が、四年前、典侍の一人に女児を産ませていた。第一皇女は孝子内親王である。

帝は一時、剣術を好み、酒を浴びるほど飲んでいた。いずれも臣下の諫言を聞きいれてぴたりとやめている。頑固なところもあるが、一方で聞く耳をもつ、聡明な帝でもあった。

ところが近ごろは体調の悪い日がしばしばあって、以前の元気がないようだ。顔色もすぐれない。

「おかげんはいかがにございましょう」

「ここ数日のお疲れが出ておられるようじゃが、そなたなれば、癒(いや)してさしあげることができるやもしれぬ」

「心して、おつとめいたしまする」

正月は行事で息つくひまもない。たしかに疲労が重なって体調をくずしたのだろうが、帝が智に薬を……と所望するのは、病を治すためではなかった。

帝は智に執心している。

智もまた、帝に心を奪われていた。いや、心だけではない。そう、爪の先から髪の毛一本一本、全身のすべてが帝の愛撫(あいぶ)を待ちわびている。

宮中というのは、まことに厄介なところだった。忌み日があり、しきたりがあり、人の耳目があって、帝でさえわがまま勝手は許されない。

智が帝に呼ばれて閨(ねや)を共にしたのは、まだ一度きりだった。とはいえ、それは智にとって、この世の出来事ともおもえぬ夢のひとときだった。帝と目と目を合わせ、息をからませ、肌をふれ合わせて、ひとつになろうとは……。はじめてのことで羞恥(しゅうち)もあり苦痛もあり恐怖もあったが、あまりのありがたさに、そんなことは消しとんでしまった。

あぁ、目まいがしそう——。

切ない吐息をもらす。

「さぁ、お待ちかねじゃ。早うお行きなされ」

勾当内侍に背中を押されて帝の御座所へ急ぐ。この甘美な陶酔が永遠につづくものと、智は信じて疑わなかった。

大津・義仲寺　元禄三年（一六九〇）

ようもまぁ、こないなとこで年越しをしはったもんやわ――。

智は今さらながら無名庵をながめまわした。

年が明けて、正月二日。穏やかに晴れわたっている。

芭蕉が河合屋を訪ねてきたのは、暮れもおしつまった雪の日だった。そのあとは隙間風の吹きすさぶ茅屋で年の瀬をすごしたわけだが、風邪ひとつひかず、意気軒昂としていた。長旅で体を鍛えているせいだろう。

もっとも、庵にはいつもだれか門弟がいた。俳諧の宗匠をもてなそうという門人もあとからあとから訪れて、飲み食いをし、にぎやかに語らってゆく。贅沢を嫌い、媚びへつらいを疎んじ、孤高を保ちながらも気取らず偉ぶらず、恬淡とした芭蕉の人柄が皆から慕われているのは好もしいことではあったが……。

「二人で話すひま、あらしまへんなぁ」

巴塚にかこつけて庵をのぞくたびに、智はため息をついた。

智を見れば、芭蕉もうれしそうな顔をする。さぁさぁと手をとるように庵へ招じ入れ、強引に話の輪へ引きこむ。年長の尼なら妙な噂がひろまる心配もないと安心しているのか、だれはばかることなく親密さを見せつける。

そんな芭蕉の自分への態度に誇らしさを感じながらも、智はいつもものたりない気がしていた。なにか、大切なことを、話し忘れているような……。

昨日の元日もそうだった。いち早く賀詞を述べようと門弟がひっきりなしにやってきた。御酒やおせちを店の若い衆に運ばせた智は、そのまま接待役をつとめることになってしまった。世話をやくのはむろん嫌いではなかったが、とうとう話はできずじまい。

独り占めはできへん、いうことやわ――。

わかっていても、気が気ではない。旅が身上の俳諧師だけに、いつどこへ旅立ってしまうか。

「宗匠はん。智月どす。入ってもよろしゅおすか」

玄関で声をかけた。どうせまただれか門弟がいるにちがいない。門弟の前では「芭蕉はん」ではなく「宗匠はん」と呼んでいる。

「おう、早う入らっしゃれ」

機嫌のよい声が返ってきた。

小体な庵だから、板敷の先の襖を開ければひと間きりの座敷である。

「あれ……」

智は目をしばたたいた。

「芭蕉はん、おひとりどすか」

「巴御前さんに挨拶する智月さんのお姿が見えましたゆえ、あわてて路通を使いにだしました」

さぁどうぞ、と手招きをされて、一瞬、ためらう。二人きりで話したいと願っていたのに、いざとなると後込みをするのはどういう心境か。

「なにを遠慮しておられる？」

「い、いえ。ほんなら……」

智は座敷へ膝を進めた。

芭蕉は膝元に散らばっている紙をのぞきこんでいる。俳諧を推敲していたようだ。

「路通はんがおいやしたんどすか」

「はい。あれはまぁ、厄介なやつで……」

路通は芭蕉の門弟の一人だが、ときおり問題を起こして芭蕉を困らせていた。門弟たちが話しているのを聞いただけなので詳しい事情は知らないが、このあと芭蕉と別れて陸奥国へ行くらしい。

「いつ、お発ちにならはるんどすか」

「明朝には……」

「陸奥とは、遠おすなぁ」

「陸奥？」

「路通はんは陸奥へ行かはるんどっしゃろ」

「あぁ、路通……」と、芭蕉はうなずいた。

「はい。路通は陸奥へ発ちます。こちらは伊賀上野、それで、別れを惜しみにみえてくださったかとおもうたのです」

智はあッと声をもらした。おもわず身を乗りだしている。

「芭蕉はんも行ってまうんどすか。年が明けたばかりやのに」

「なんとしてもここで越年を、と押しきりましたが、三が日のうちに帰郷しなければなりません。いろいろと野暮用もありましてな」

胸に重石を放りこまれたようだった。

「ゆっくり、お話、しとおしたのに……」

不服げにつぶやきながら、自分はいったいどうしてしまったのかと智は狼狽している。これではまるで、好いた人に行かないでとすがる娘のようではないか。

うちは老尼、忘れたらいかん――。

智は己を叱咤した。

「残念どすけど、お里でも首を長うして待ってはりまっしゃろ。あんじょう、お帰りやして……」

今度はあらたまって両手をつく。

そんな智を、芭蕉はだまってながめている。

「ええと、旅仕度があれば……そうやわ、お里へ土産を……お荷物にならんもんがよろしゅおすなぁ。あとで若い衆にとどけさせまひょ。なにかお好きな……」

「智月さん……」

「へ、へえ」

「もう一度、もどってきても、ようござるか」

「え？」

「ここへ、もどってきてもよろしいか、と、訊いております」

「そないなこと、うちに訊かんかて……」

「いや。智月さんが待っていてくれるのでなければもどりません」

「芭蕉はん……」

二人は目を合わせた。芭蕉の目はこれまで見たことのない色をしている。

「どうですか」

「そ、それはむろん……」

「では、決めました。郷里で用事をすませたらもどって参ります」

「まぁ、うれしいッ。いえ、芭蕉はんはうちの弟どっさかい」

芭蕉はもう、見慣れた笑顔になっていた。

「ただし、この弟は手がかかりますよ。姉さんに身のまわりの世話をたのむことになる」

目くばせをされて、智も頰をゆるめる。

「しょうもない弟かて、弟は弟やわ。放りだしたりせぇしまへんさかい、安心してもどってきておくれやす」

「しょうもない弟も、姉さんには頭が上がりません」

笑みをかわし合ったとき、足音がした。

「やれやれ、路通め、もう帰ってきた」

芭蕉は顔をしかめる。

「あいつは野暮の骨頂、最後まで厄介をかける気か。そういう唐変木ゆえ、ろくな俳諧ができんのです」

本気で怒っている芭蕉がおかしくて、智は声を立てて笑った。

三

大津・河合屋　元禄三年（一六九〇）

ひと雨あれば、かろうじて枝にしがみついている花も散ってしまいそうだ。

「花の色はうつりにけりな……いうのは、ほんまやなあ」

智（とも）はひとりごとをいいながら、片手を頬にあてた。

曇っているが、雨は降りそうにない。智が縫い物をしている座敷の縁側には、花びらがひとひらふたひら舞いこんでいる。

陰暦の三月半ばは晩春。

散る花を見れば、女の胸はざわめく。こんなとき、五、六年前の智なら手鏡を引きよせ、しみがほとんどない肌や目尻（めじり）の小じわに一喜一憂したものだった。尼姿になってからは、鏡をのぞくことさえおっくうになっている。

それがどうだろう。今また鏡をさがし、身近にないとわかってもつい、中指で目の下をのばしたり、目尻を引きあげたり。

芭蕉はん、どないしておますのやろ——。

郷里の伊賀上野にまだ滞在しているのか。それともどこかへ旅に出てしまったのか。会いにもどって参ります、などと調子のよい約束をしながら、一年半も待ちぼうけをくわせた人である。郷里で用事をすませたらもどってくるという言葉も、はたしてあてになるかどうか。

芭蕉が郷里へ出立したのは正月三日だった。ふた月の余が経っている。今日か明日か、空しくすぎてゆく日々を指折り数えて待つ身はつらい。

あほらし、老尼のことなど、どうせむこうは忘れてはるわ——。

俳諧の宗匠と孫弟子である。気が合うといっても、せいぜい姉弟になぞらえたつき合いだった。互いの年齢を考えれば、まかりまちがってもこれ以上、親密にはなりえない。

それでも智は、先へ進めようとした運針をまたもや止めて、ひとところに吹きよせられた花びらをながめる。

はるか昔も、こんなふうに逢瀬を待ちわびた。あれはそう、二十歳のときだ。なぜ覚えているかといえば、これまでの半生で、その年ほど波乱にみちた年はなかったから。

咲き誇る花のような宮中での暮らしと、あっけなく散ってしまった恋の思い出……。いや、恋というのはあまりに畏れ多いが、帝のお目に留まったというだけで智は舞い上がり、熱に浮かされたような心地になっていた。

あのときもただ待つだけだった。もっとも、それは帝のせいではない。なんでも御意のままになるとおもっていた帝は、箸の上げ下ろしでさえ監視され、儀礼や慣習にがんじがらめになっていたのだから。

それゆえにこそ、二人きりになれたときの喜びは大きかった。薬湯を運ぶたびに抱きすくめられ、腰を引きよせられる。やがて寝所へも呼ばれるようになった。清めた体に白い帷子、洗いたての垂髪……。

髪にふれようとして、智は苦笑した。かつて高貴な指に愛しまれた髪は、今は尼そぎとなって、梅鼠色の頭巾におおわれている。

後光明天皇は、帝らしくない帝だった。軟弱を嫌い、媚びへつらいを疎んじ、和歌や聞香にうつつをぬかす公卿たちの姿に顔をしかめた。武術に励み、酒を好み、いいたいことは歯に衣着せず口にする。それでいて諫言に耳を傾ける度量を持ち、智のような女たちもないがしろにはしなかった。

偉ぶらず、真摯な目を持ち、安易に迎合しない。

芭蕉はんも、おなじやわ――。

若き日に身も心も捧げたお人と、この歳になってわけもなく心惹かれている芭蕉とは、中肉中背の体つきや、面長で鼻筋の通った顔もさることながら、もっと似通ったところがあった。他者に迎合しない強さ、である。

それにしても、自分が帝と比べられていると知ったら、芭蕉はどんな顔をしようか。

智は忍び笑いをもらした。と、そのときである。

「お祖母さま、なに笑うてはるん？」

子供の声がした。

智は庭を見まわす。

馬酔木の根元の暗がりから、子供が這い出てきた。智の弟で養子の又七と佳江夫婦の子で、智には孫になる彦太郎である。

「おやまぁ、あんたこそ、そないなとこでなにしてたんどすか」

「雀を埋めてたんや」

見れば小ぶりの鍬を手にしている。手足も泥だらけだ。

「あんたが飼ってた雀、死んでもうたんか」

「ふん。冷とうなっとった。お母はんが埋めてやり、いわはったさかい」

近所の年長の子らが馬のしっぽの毛を仕掛けた籠で捕った雀を、彦太郎はもらいうけて飼っていた。色白の愛らしい子供は、又七の子供の頃によく似ている。血は争えぬというが、彦太郎にも生まれながらの気品があった。もっとも、又七同様、それが大津宿(おおつしゅく)の人馬継問屋(じんばつぎといや)の跡取りとしてふさわしいかどうかは大いに疑問である。

「それはいいこと、しやはりましたなぁ。さ、井戸で手足、洗ってきなはれ。泥だらけであがられてはかなわんさかい」

井戸は裏にある。彦太郎は駆けだした。と、おもうや、すぐに引き返してきた。

「だれか、いてはる」

街道に面した店は二六時中にぎわっているが、裏の木戸口はたいがいひっそりとしている。その木戸口に人がいるらしい。

「どなたはんどすか、て、訊いてきとくれやす。ていねいに訊くんやで」

智にいわれて、彦太郎がきびすを返そうとしたときだ。

「たのもう」と声がした。

「おじゃましてもよろしゅうござるかの」

待ちわびた声である。

「芭蕉はんッ」

智は縫いかけの襦袢(じゅばん)を放りだし、あわてて腰を上げた。勢いあまって、つんのめりそうになる。

「どうぞッ。どうぞお入りやしてッ。彦太郎、はよ、おとおししてや」

元気よく返事をして駆けて行った彦太郎と入れかわりに、芭蕉が入ってきた。鈍色（にび）の小袖（こそで）も、頭にかぶった四角い帽子も、もう見なれたものだ。

「まぁ、あれ、いややわ。裏からおいでるなんて、びっくりしてまうやおまへんか」

智は手早く身のまわりを片づけながら、おもわず髪に手をやっている。なでつけようとして頭巾に気づくのは、智のなかでいまだに尼姿がしっくりしていないからだ。

「いつ、おもどりにならはったんどすか」

「たった今にござる。真っ先に智月（ちげつ）さんのお顔を拝見しようとおもうたゆえ」

定宿にしている義仲寺（ぎちゅうじ）内の無名庵（むみょうあん）へもまだ行っていないと、芭蕉は得意げにいった。子供のように眸（め）を躍らせているのは、智に褒められたいからか。

「うれしゅおす」

智は頬をそめた。

「うちのことなんか忘れて、旅に出てもうたかとおもいました」

「忘れるはずがありません。智月さんとは姉弟のごときものですから」

「そうどしたなぁ」

うれしいような、肩すかしをくわされたような……。とはいえ、真っ先に顔が見たかったといわれ、うれしゅおすと応（こた）えるようなやりとりが臆面（おくめん）もなくできるのは、姉弟といういいわけがあればこそ。むろんこれも、二人のあいだだけの戯れである。

「さ、なにしてはりますのや。さぁさぁ、あがっておくれやす」

「いや、ここで」

芭蕉は縁側に腰をかけた。

「宗匠はんをそないなとこへ座らせたら、皆に叱られます。どうぞ、なかへ」

「いやいや、ここで十分。堅苦しい挨拶(あいさつ)もぬきにしましょう。無名庵へ入れば、また皆が押しかけてくる。智月さんと二人きりで話すひまが無(の)うなります。大事な時間によけいな気づかいは無用無用」

ここ大津宿近辺には芭蕉の門人が大勢いる。伊賀上野からもどったとわかれば、引きもきらず訪ねてくるにちがいない。

「芭蕉はんはお弟子さんが多おすさかい、気ぃつかわなあきまへんなぁ」

「ありがたきことなれど、たまには、だれの目もとどかぬところで、一介の老人にもどりとうなります」

「老人やなんて……」

いいかえしながら、智ははっと胸を衝(つ)かれた。

後光明天皇もおなじことを仰(おお)せられた。二十二歳の天皇はむろん自分を老人とはいわなかったが、だれの目もとどかぬところで暮らしてみたい……と。

「実は、菅沼(すがぬま)さまが、伯父御(おじご)さまの庵(いおり)を修復しておられるとか。菅沼さまの庵は山腹にあるゆえ、無名庵より暑さをしのぎやすい、雑事にもわずらわされずにすむ……というわけで、夏のあいだの宿にしてはどうかと誘うていただきました」

義仲寺は三井寺の管轄下にある。檀家もなく住職もいない寺なので、あちこち傷みがひどかった。昨年、本堂だけは修築されたものの、他はまだ手つかずだ。とりわけ無名庵は荒れ放題で、床はきしむ、すきま風は吹く、住み心地は最悪と聞いていた。

「菅沼さまとは……」

「膳所ご家中の菅沼外記さま、というより曲水にござるよ」

「ああ、曲水はんやったら、うちもよう知ってます」

曲水（のちの曲翠）は武士である。智が師事する尚白や本福寺の住職の千那より蕉門に加わったのは少々あとになるが、一本気で硬骨漢のところが似ているせいか、曲水と芭蕉は急速に親しくなり、今では肝胆相照らす仲になっていた。門人の数が多いといっても近江のなかのこと、芭蕉と知りあったおかげで俳諧に熱を入れはじめた智も、曲水とは連歌会や吟行で何度か顔を合わせている。

「ほんなら芭蕉はんは、この夏を曲水はんの庵ですごさはるおつもりどすか」

「はい。そうさせていただこうかと……」

智は落胆した。

「どこにあるんどすか、曲水はんの庵は？」

無名庵なら、巴塚の参拝にかこつけて訪ねられる。なにより義仲寺は、二人が出会った場所である。

智の声が翳ったのを、芭蕉は気づかぬようだった。笑顔は変わらない。

「国分山の、近津尾八幡宮の境内にあるそうにござる」

「国分山……ここからだと一里はおますなぁ」

「そのかわり、人目をはばかることもありません」

意味ありげに目くばせをされて、智は首をかしげた。なぜ人目をはばからなければならぬのか。芭蕉は人づき合いを大切にする男で、話し好きでもある。山腹にひとり籠もって暮らすのは似合わない。

「芭蕉はんは、その庵に、おひとりで住まわはるんどすか」

「独居は心もとなしと気をまわして、曽良あたりが押しかけてくるやもしれません。が、まぁ、路通とちがって曽良なら気心が知れています。じゃまなら京でも大坂でも使いにやればようござる」

曽良は奥州の旅にも同行したと聞いている。芭蕉のお気に入りの弟子だった。

「じゃまならって、なんでじゃまなんどすか」

「それはほれ、せっかく二人きりになれるのですから」

智は虚を衝かれたように芭蕉を見た。では、芭蕉は、自分を曲水の庵へ招こうというのか。山腹の庵で尼と二人、親交を深めようとでも……？

聞きちがいかとおもったが、芭蕉はにこにこ笑っている。

「身のまわりの世話は姉さんに……と、正月にお願いをいたしました」

「それはそうどすけど……ほんなら、うちが国分山へ通って、芭蕉はんのお身のまわりのお世話をさせていただけるんどすか」

「近津尾八幡宮はたいそうなご利益があるとやら。足しげく詣でれば、後生の功徳にもなります」

芭蕉は真顔でいうと、「そうそう」と目をかがやかせた。

「曲水の庵は幻住庵というそうです。幻が住む庵……となれば、これは智月さんにもきていただかねばなりません」

「幻住庵……」

「はじめてお会いしたのは、それぞれが木曾義仲公と巴御前さんの塚に詣でたときでした。あのときの智月さんは巴御前さんのまさに化身、こちらはま、義仲公には少々見劣りがしますが、とはいえ、二人が忍び逢うのに、これ以上ふさわしいところがありましょうや」

では、芭蕉は山腹の庵で、共に義仲公と巴御前の幻を追いかけようというのか。智は胸をざわめかせる。

芭蕉はおもむろに腰を上げた。

「それではこれで」

「あ、お待ちやして。あいにく又七は留守にしておますが、嫁もご挨拶を……。茶菓でも召し上がってってておくれやす」

「幻住庵の修復が終わるまでは、無名庵に厄介になります。しばらくは、行く春を惜しんで、心ゆくまで遊興にふけろうかとおもいます。智月さんもお誘いいたしましょう。そのときにゆっくり」

あわてて腰を上げ、裏木戸まで見送ろうとした智を片手で制して、芭蕉はあらわれたときとおなじようにすたすたと帰ってゆく。

いつものことながら、智は、しばし虚脱したように、今の今まで芭蕉がたたずんでいた場所を見つめた。

ほんとうに芭蕉は、そこにいたのだろうか。芭蕉こそ幻のなかに住んでいる人ではないか、などと埒もないことを考えながら……。

鎌倉　寿永三年（一一八四）

土牢でないだけ、ましだった。

源頼朝は、愛娘の許婚の母親に、多少は敬意を払うつもりらしい。有象無象の罪人どもといっしょに牢獄へ放りこまれたら、戦場の乱どりさながら、巴はぼろぼろになるまで陵辱されていたにちがいない。

どうか、無事でいておくれ——。

がらんとした塗籠の隅にうずくまって、巴は一心不乱に祈っていた。

敵の追撃や狼藉者の襲撃をかわして、どうにかこうにか鎌倉までやってきた。鎌倉には木曾義仲の血をひくわが子、義高がいる。人質とはいえ、義高は頼朝の娘の許婚。大姫との仲もむつまじいと聞いている。

むろん、だからといって、安心はできない。

戦場では敵将の男児を成敗するのがならいだった。生かしておけば禍根の種をのこすことになる。いつ寝首をかかれるか、今度はこちらが怯えなければならない。石橋を叩いてわたる人だと聞く頼朝が、そのような愚をおかそうか。

義高はすでに首を刎ねられているかもしれない。

恐ろしい場面がまぶたに浮かんで、巴は悲鳴をあげそうになった。

ああ、お願い申します。命だけはお助けを。この命に替えてもあの子の、義高の命だけは——。

一心に祈っていれば、少なくとももうひとつの悲劇、身を引き裂かれるような痛みは忘れていられる。

敗戦、敗走、別離……あのあと義仲一行はどうなったのか。義仲はもとより、先陣で戦っていた兄たちは生き延びていようか。鎌倉までやってくる道中で耳にしたところでは、頼朝軍が大勝したらしい。となれば、もはや義仲も兄たちも……。

幼い頃から共に育てられた義仲は、巴にとって、わが身同然だった。その分身がこの世にいないかもしれないとおもうだけで、舌を咬み切りたくなる。その衝動をかろうじて押しとどめているのが、別れ際の義仲の言葉だった。

――守れ。奪い返せ。なんとしても、助け出せ。

自らの命を絶つのは、わが子を救い出してからでも遅くない。

巴は再び祈りはじめた。

どのくらい両手を合わせていたか。足音が聞こえた。

はっと身を強ばらせる。

囚われの身なので、時間の経過がわかりづらい。いったい何日ここに押しこめられているのかさえ、もう定かではなくなっている。

夕餉を運んできたのだろうと、巴はおもった。

水や食べ物は、無理にも腹へおさめることにしている。ここで死んでは義高を救えない。だいいち女武者と名を馳せた巴が、牢で衰弱死した、などと噂がひろまれば、せっかくの名に疵がつく。それは義仲の武勇にも泥を塗ることだ。

死ぬときは頼朝と刺しちがえて——。

はじめから決めていた。まだ、そのくらいの気概はのこっている。

「飯ならそこへ置いてゆけ」

背中をむけたまま、巴は声をかけた。

一瞬、息を呑むような気配があったのち、ひそやかな声が返ってきた。

「やはりあなたさまは、木曾さまの……」

女の声におどろいて、巴はふりむく。

格子の外に女がいた。薄暗いので顔は見えない。装束からして館の侍女のひとりか。

「おまえはだれじゃ」

「大姫さまにお仕えいたす者」

「なんとッ」

巴が格子に這いよると、女は素早く左右を見まわした。身をこごめ、格子に顔を近づける。

「義高は……あの子は無事かッ」

「ご無事にございます。なれど、由々しき噂も聞こえております」

「由々しき噂……」

「お命を狙う者どもがおると……」

「頼朝かッ」

「噂にございます。姫さまはたいそうお心を痛められて……」

「あの子はどこにおるのじゃ」

「姫さまが匿うておられます」

「会わせよ。ここから出して、義高に会わせておくれ」

「そういたしたいのはやまやまなれど、お館さまのご命令に逆らうわけには参りません。もし木曾の御方さまを勝手に牢からお出しいたせば、若殿さまのお命はなおのこと危のうなりましょう」

巴が囚われの身になっていることを、家中の者たちはまだ知らないという。家臣のひとり、和田義盛が、こっそり頼朝の妻の政子に知らせ、それが大姫の耳にも入った。大姫の懇願に負けた和田が家臣に命じて、大姫の侍女がひそかに巴と面会できる手筈をととのえさせたのだという。

「姫さまは木曾の御方さまに、若殿さまが無事でおられるとお伝えするようにと……」

巴はおもわず両手を合わせた。

「幼き姫さまが、なんと利発な……」

女はもう一度、左右に目を走らせる。

「姫さまは、御方さまにも、お力添えをいただきたいと仰せにございます」

「わらわに、力添えを……」

引きつった笑い声をもらしかけて、巴はあわてて口を押さえた。幾多の戦場で勇猛果敢に戦った女武者も、今や羽をもがれた鳥同然。武器もない、身方もいない、いったいどうやったら力添えができるのか。

女は足下から布包みを拾い上げ、格子の隙間から差し入れた。

「なにとぞ、木曾の御方さまのお力で、お館さまのお心を和らげてくださいますよう」

「それができれば苦労はせぬわ」

「いえ、武勇と美貌を兼ねそなえた御方さまのお噂は、鎌倉にも聞こえております。お館さまは必ずやお会いになられましょう。そのとき、お心を動かすことさえできますれば……」

そのためにも、身なりをととのえてゆくほうがよい。布包みのなかには衣装と化粧の品々が入っているという。

ここまでやってきたのは、頼朝の手からわが子を救うためだ。むろん、巴も頼朝に会って談判するつもりでいた。

「わかった。やってみよう。お心づかい、ありがたく頂戴つかまつる。大姫さまには義高のこと、くれぐれもよろしゅう……とお伝えしておくれ」

わが子の命乞いなればこそ、美々しく着飾ってゆくほうが、たしかに話を聞いてもらえそうだ。といっても、頼朝に媚びを売るつもりはなかった。どんな男にも、弱みを見せるつもりはない。

——巴は男子のようだの。たまにはきれいなべべでも着たらどうだ？

——そうじゃそうじゃ。今少ししとやかなれば宮中にもあがれようものを。

兄たちにもよくからかわれた。が、義仲は巴の武勇を愛でた。義仲が女武者を所望するなら、それ以外の何者にもなりたくない。

ああ、姉弟のように、同朋のように、この世で二人きりの男女のように、無邪気に戯れていたあの頃……幸福だった昔にもどりたい——。

巴はかすれた吐息をつく。

「さすれば、なにとぞよしなに」

ご武運を……とはいわなかった。女は一礼をして去って行った。

巴は布包みをひらく。

豪奢な着物のあいだに手鏡があった。鏡を取り上げ、暗がりのなかで眸をこらして、巴はやつれはてた女の顔をしげしげとながめた。

大津　元禄三年（一六九〇）

晩春から初夏にかけての数日間、智はかつてないほど華やいだ日々をすごした。

遠い昔、宮中にあがっていた頃は贅沢三昧、毎日が華やかな暮らしだった。とりわけ帝の寵をうけた短い月日は雲の上を歩いているようだったが、それは人知れぬ閨での戯れ。屈託なく笑いさざめき、おしゃべりに興じて、見るもの聞くものに心をゆさぶられるような華やぎは、こたびがはじめてである。

花や月はむろんのこと、粗末な庵の萱葺き屋根に根づいた雑草が微風にゆらぐさまにさえ胸が躍るのは、芭蕉という、森羅万象に心の眼をむける俳聖がかたわらにいるせいだろう。

芭蕉は、約束を違えなかった。

「珍夕の家へごいっしょいただきたく……」

無名庵で旅装を解くや、早速、使いを送ってきた。待ちかねて訪ねてきた珍夕から家へ招かれたという。

珍夕（別号、洒堂）は膳所の医者で、尚白の弟子である。つまり智や又七（俳号は乙州（おとくに）と同門だから、顔なじみだった。洒落堂（しゃらくどう）と名づけられた珍夕宅が風趣に富み、侘（わ）び寂（さ）びを感じさせる住まいであることは、智も知っている。

店の者に酒肴（しゅこう）を持たせて洒落堂へおもむくと、

「ようおいでた。袖（そで）にされたかと案じておりました」

芭蕉はまるで家主のような顔で智を招じ入れた。珍夕も洒落堂もすっかり気に入って、芭蕉は上機嫌である。

智も末席に加わった。

以来、遠慮はやめることにした。芭蕉は旅の俳諧師（はいかいし）である。いつまた、いずこへ去ってしまうか。となれば一期一会、今このときを楽しむしかない。

尼姿に目くらましをされたのだろう。わるびれもせず姉さん姉さんと甘える芭蕉に、煙（けむ）に巻かれたのかもしれない。二人の親密ぶりをいぶかしむ者はいなかった。それをよいことに、智は芭蕉に誘われるまま、どこへでもついて行く。影のように寄りそう。

これまで又七の遊興に苦言を呈してきた。もっと商いに身を入れるようにと意見してきた手前、バツがわるくはあったが、かといって、芭蕉といっしょにいられる機会を逃すつもりはない。

「湖に舟を浮かべて、宗匠はんと、行く春を惜しもやおへんか」

だれが最初にいいだしたか、芭蕉は大よろこび。

「智月さんもおいでください」

当然のように誘われた。

「宗匠はんのこととなると、お母はんの目の色が変わります」

「うちは姉さんどっさかい、弟が羽目はずさんよう、見守らなあきまへん。あんたとちごうて、宗匠はんはお歳やさかい」

又七にからかわれながらも、いそいそと出かけてゆく。

琵琶湖へ舟を浮かべて俳諧を楽しむ趣向は大成功だった。われもわれもと門人が集まって、舟一艘では乗りきれない。

「行く春や（のちに「行く春を」と改作＝筆者注）近江の人と惜しみける……か。ええなぁ。宗匠はんかて近江を好いてはる。わてはほんま、近江人でよかったとおもいますわ」

「そうやわ、宗匠はんも近江人になっとくれやす」

「そやそや。じきに無名庵の修築もはじまりまっしゃろ。新しなったらぐんと住みやすうなります。お江戸は引きはろうて、こっちに住まはったらよろし」

「ええ考えや。妻子がいやはるわけやなし、わてら大歓迎しまっせ」

ほんとにそうならどんなにうれしいか。智は芭蕉の顔を盗み見る。

「はいはい。ありがたく承っておきましょう」

芭蕉はにこにこしている。心底うれしそうだが、といって、では近江に住みましょう、とはいわない。それは、芭蕉が旅と共に生きているからか。それとも他になにか、ひとつところに落ち着きたくないわけでもあるのだろうか。

鏡のようにきらめく湖面に、ときおりかすかなさざ波が立つ。薫風はどこからか遅咲きの花を運んできて、水面にまき散らす。あとは朽ちるだけの、藻屑と化していずこかへ流されてゆく花びらに、智はわが身を重ねてみる。

「石山寺へ詣でたいが……」

案内してもらえぬかとたのまれたときも、智はふたつ返事で引きうけた。

三月晦日、芭蕉は門人や弟子を引きつれて石山寺へ出立した。その日を選んだのは、瀬田で一泊して、初夏のはじまりとされる四月朔日の早暁に参詣するためである。

石山寺は大津宿の南東、瀬田川沿いに広壮な寺領を有する古刹で、硅灰石の岩があらわになった崖や小高い山のそこここに本堂の他、蓮如堂や毘沙門堂、御影堂や多宝塔が立ち並んでいる。後白河上皇の行幸のために建てられたという月見亭からながめる琵琶湖も絶景だ。

けれどなんといっても、芭蕉のお目当ては――。

「こうして二人で見ている景色を、はるか昔、かの紫式部もながめていた。そうおもうと感無量にござるの」

耳元でいわれて、智はどきりとした。

本堂の、正堂(しょう)と礼堂(らい)を結ぶ相の間の端にある部屋は「源氏の間」と呼ばれ、紫式部がお籠(こ)もりをして源氏物語の構想を練ったところだと伝えられている。芭蕉とちがって、長年、大津に住んでいる智は、何度も参詣にきていた。源氏の間もはじめてではない。

では、なぜどきりとしたのか。

死んだ夫にしか話していない過去を、芭蕉に打ち明けてしまった。自分が宮中に仕えていたことを知っていたからこそ、芭蕉は感無量といったのではないか。そう、おもったからである。

「宗匠はんは、源氏物語、お好きどすか」

さりげなく訊(たず)ねてみた。

芭蕉はうなずいた。

「好き嫌いというより、紫式部の才気におどろかされます。清少納言(せいしょうなごん)もおのが音(ね)の少将も男子顔負けの才女ばかり。智月さんも負けてはいられませんよ」

「うちなんか、とてもとても……」

芭蕉が源氏物語を悪(あ)しざまにいわないので、智はほっとした。それだけが、後光明天皇にお仕えして、納得しがたいところだった。帝は和歌もお嫌いだったが、それは若年で男女の機微に疎かったのだろう。

「紫式部はんがここで大般若経の料紙に書かはったのは須磨の巻の……」

話しながら目をむければ、芭蕉はもう珍夕と話しこんでいる。

智は源氏の間へ視線をもどした。紫式部が石山寺へお籠もりをしたのは、源氏物語を書くためだけだったのか。他にもなにか、わけがあったのではないか。もしや、宮中に身を置く女なら避けてはとおれない一身上の都合があったのでは……。

智は、そうだった。

芭蕉に打ち明けたのは、智の半生のほんの一端にすぎない。身の上話にはまだまだ先があった。芭蕉にならなら打ち明けられる、洗いざらいさらけだして、長い歳月ひとりでかかえてきた重荷を軽くしたい……そうおもう気持ちが半分。いや、秘密は墓場まで持っていかなければ……とおもう気持ちが半分。

いずれにせよ、今は話せない。

「幻住庵は国分山ですから、この岩間の奥、西方にござる。たいした道のりではないゆえ、これからは好きなだけお参りができます」

いつのまにか珍夕の姿はなく、芭蕉はまた智と並んで源氏の間をながめていた。

「そんなら幻住庵は、西方浄土、いうことどすね。幻みたいに消えてもうたらどうしまひょ」

「心配無用。消えはしません。二人がおもう存分、語り明かすまでは」

「語り明かす……」

「はい。そのために、お借りするのです」

二人きりで話せたのは束の間だった。むこうから尚白や千那ら数人が談笑しながらやってくる。

「宗匠はん。あっちに庵（いおり）がありまっさかい、一服しようやおまへんか」

「どないどす？　先生の俳諧、聞かせとくんなはれ」

「和尚はんの話では、東大門は源頼朝公の寄進だそうで……。となると、義仲寺はんとは敵、いうこっちゃおまへんか」

一行はかしましい。

芭蕉はにこやかに耳を傾けている。

けれど智はもう、芭蕉の愛想のよさにはだまされなかった。暮れに「何にこの師走（しわす）の市にゆく鳥」と詠み、正月には「薦（こも）を着て誰人（たれびと）います花の春」と詠んだという男である。俳諧に懸ける情熱以外はなにも胸に抱いていない、などとはおもえない。

やっぱり幻住庵やわ――。

おもう存分、語り明かそうと芭蕉はいった。それなら智自身の身の上話だけでなく、芭蕉の胸のうちも聞けるかもしれない。

知りとおす、芭蕉はんのことをなにもかも――。

こんなにも切実に知りたいとおもうとは、自分はいったいどうしてしまったのかといぶかりながら、智も皆のあとについて庵へおもむく。

この日、芭蕉はこんな俳諧をつくった。

曙やまだ朔日にほととぎす

春は曙……枕草子をふまえたものだが、肝心の源氏物語が詠みこまれていないと考えたのだろう。推敲の末、後日、「曙はまだ紫にほととぎす」と改作している。

がやがやとにぎやかな、浮かれ三昧の数日がすぎて四月六日、芭蕉は、義仲寺から幻住庵へ居を移した。

ところが、舟遊びや石山寺詣での疲れが出たのか、引っ越し前日からくしゃみを連発していた芭蕉は、幻住庵へ到着するなり寝込んでしまった。

京・下御所　承応三年（一六五四）

「まぁ、いかがなされましたか」

寝所へ入るなり、智は目をみはった。

帝は褥の上にあぐらをかいて、膝元の紙にひろげたものをながめている。紙の上には、何種類かの丸薬が並べられていた。

「これは……」

「しッ。近う参れ」

智は膝行した。もっと近うといわれて、帝と体がふれ合うほど近くまでにじりよる。

「そちに託す。調べてくれ」

帝は襖のむこうを気にかけながら、音を殺した声でいった。

「なにをお調べいたせばよろしゅうございましょうや」

智も声をひそめて訊ねる。

「決まっておる。毒の有無じゃ」

「毒ッ」

「声をだしてはならぬ」

「なれど、なにゆえ……」

「余が目ざわりなのじゃ」

「まさか。いったいだれがさような……」

「江戸に決まっておろうが」

「あッ」

帝と江戸の幕府とは、なにかにつけていがみ合っていた。そもそも幕府は将軍家の血統を継ぐ帝を擁立したいがために、後水尾天皇の中宮に徳川秀忠の娘の和子を送りこんだ。が、今は東福門院と呼ばれている和子には、女児しか育たなかった。帝は後水尾天皇の第四皇子である。東福門院の養子となり、天皇になったものの、幕府は一筋縄ではいかない帝を持て余していた。

事実か妄想か、帝が幕府を警戒するのも無理はない。

「このお薬、お呑みにならなかったのでございますね」

智は案じ顔になった。

武を好むとはいえ、帝は宮中の女たちにかこまれたお蚕育ち、これまで大病こそしなかったが、ここのところ熱を出したり腹痛を起こしたり、体調をくずす日がままある。

「その薬湯がある。これは板倉がとどけてきたものじゃ。呑んだふりをしてとっておいた」

板倉重宗は京都所司代で、幕府からつかわされた役人である。

「かようなことが知れたら、ますます溝が深まりましょう」

「それゆえ、そちにたのんでおる」

智が帝の寝所へ呼ばれるようになって、半月以上が経っていた。といっても、実際に閨（ねや）の相手をつとめたのは数えるほどだ。子を産んでお腹（はら）さまにでもならなければ、上臈（じょうろう）といえども帝の寵を独り占めはできない。

それでも智と帝の仲は、急速に親密になっていた。

おかわいそうに、帝には、わたくしの他に信用できる者がいやはらへんのやわ——。

だれが幕府方の人間とつながっているか、見きわめるのはむずかしい。宮中に幕府の隠密（おんみつ）が入りこんでいることも、かねて知られていた。

帝をお守りするのは智の役目である。

「承知いたしました。おまかせください」

智は丸薬を包んで枕元へ置いた。

「必ずやお調べいたします」

いい終わらぬうちに抱きよせられた。それからのひとときは、いつもと変わらなかった。御歳二十二の帝は二十歳の上臈の体を貪（むさぼ）るように求める。

寝所を出た智は足腰に力が入らなかった。手燭（てしょく）の明かりなので、火照（ほて）った顔はわからない。それでも目を伏せ、うつむきかげんの顔を髪で隠して、そろりそろりと長廊下を歩く。

もうすぐ長局（ながつぼね）、というところで、智は足を止めた。

どうしたというのか。にわかに胸がむかついて、立っていられない。その場にうずくまって肩をあえがせる。

「あれ、どうなさいましたか」

「差し込みでしょう。だれぞ、お薬を……」

差し込みとはちがう。吐き気がしている。が、それをいう気力もないまま、片手で胸をさする。

智の手は、無意識に、帝から託された丸薬の包みをなでていた。

四

幻住庵　元禄三年（一六九〇）

樹木の香りにむせ返りそうだ。サクサクと草鞋で土を踏む音以外は静まりかえった山道に、ときおり時鳥の声が聞こえる。

智は足を止め、頭上を見まわした。姿は見えないが、木もれ陽のかげりに梢を渡る鳥の気配が感じられる。

芭蕉はん、どないしてはるんやろ――。

俗世にまみれる暮らしを嫌い、枝から枝へとびかう鳥のように旅を住処とする芭蕉のこと、人里はなれた山腹の庵で、絶景を肴に孤独を呑み干す日々をさぞや満喫しているにちがいない。

――智月さんにもきていただかねばなりません。

真顔でいわれたものの、早々に訪ねてはあまりに無粋……と、智はこの数日、逸る心をおさえていた。

「そろそろ甘いもんのほしいころやおへんか。あんころ餅、つくったさかい、持ってってあげまひょ」

出家をした身で、それも五十路をすぎれば、男の住まいへ女ひとりで訪ねてもよけいな詮索はされない。いよいよがまんができなくなって、四月初旬から中旬に移ろうというその日、まだ夜が明けきらないうちに家を出た。いつもながらの尼姿だが、杖に甲掛け草鞋という山道を歩くためのこしらえだけは万全にととのえて、背中にあんころ餅の入った包みを結わえつけている。

大津宿から国分山へは南東に一里ほど、幻住庵のある近津尾八幡宮はその中腹にあった。ふもとの鳥居からつづく山道を、左に折れ右に折れしてたどってゆくのも、老尼の足では容易でない。

それでも、いや、だからこそ、智の胸は高鳴っていた。「身内のような親しみ」以上になにがあるわけではないとしても、芭蕉はたしかに、

――二人きりになれる

そのときを心待ちにしているといったのである。

この歳になって、いうことなすこと、聞き逃すまい見逃すまいと耳目をそばだてたくなるような相手に出会えるとは、なんという幸運か。ましてや、娘のように胸をと

きめかせながら木暗い山道を歩こうとは……。

　中腹の平地まで登りきったところで、智は初夏の山気を深々と吸いこんだ。あふれんばかりの新緑のなかに白や紅のツツジの花がのこっているのも心を浮き立たせる。

　近津尾八幡宮は右手にあった。石山寺の座主が鎮守社として建てたと聞いている。左手の、山頂へつづく道のかたわらにちんまりと立っているのが、膳所藩士の菅沼外記――俳名は曲水――の伯父のものだった庵だ。主亡きあとは屋根も壁も朽ちて狐狸の住処だったというが、曲水が修築して、芭蕉が借り受けた。今は真新しい葦の垣根がめぐらせてある。屋根も葺きなおされていた。障子や畳も取り替えられているというから、大津宿の義仲寺内にある無名庵よりずっとこぎれいで居心地のよい住まいだろう。

　肩の高さほどの葦の戸を押してなかへ入った。入り口の軒下には「幻住庵」と揮毫された額がかかっている。まずはその風雅な佇まいにほっとしながら、開いたままの戸口へ足を踏み入れる。

　声をかけるより前に、しわぶきの音が聞こえてきた。ぜいぜいと苦しそうなあえぎは芭蕉のものか。

「芭蕉はんッ、どないしやはりましたんどすか」

　智は草鞋の紐をほどくのももどかしく、引きはぐように脱ぎ捨てると、手拭いで土埃を払い落として形ばかりの式台へ上がった。座敷は建て増しをしたようで、茶の間の奥に寝所があるらしい。芭蕉の声はそちらから聞こえている。

「智月どす。入らしてもらいますえ」

返事を待っている場合ではなかった。智は襖を開けた。

奥の間は、夜具を敷けば、あとは人ひとり座るのが精一杯という手狭な座敷だった。薄暗く熱気のこもった部屋に、芭蕉が仰臥していた。高熱があるのか、赤らんだ顔が苦しそうにゆがんでいる。

「芭蕉はん……」

枕辺に膝をそろえると、芭蕉は薄目を開けた。

「……智月、さん……あぁ、きて、くれましたか……」

「まさか、こないなことになってはるやなんて……。病と知ってたら、すぐにも駆けつけてましたんやけど」

「なに、たいしたことはありません。食い物もある、清水もある」

「けど、動くのは辛おすやろ。だれもおらんと、おひとりで……」

当座の食べ物はふもとの村人が運んでくれたそうで、芭蕉が到着した日は神主や村人が集って、ささやかな宴をひらいてくれたという。くしゃみと鼻水はひどかったがなんとかごまかし、自分でもたいしたことはないと高をくくっていた。ところがその夜から寝込んでしまった。

そんな話をしながらも、芭蕉はごほごほと咳をしている。起き上がろうとするのを止めて額に手をやれば、おもったとおり、ひどい熱だった。

こちらへ移る前、芭蕉は門弟たちに、しばらく侘び住まいを堪能するつもりだと宣言している。石山詣でに出かけたり舟遊びを楽しんだり、わざわざ名残を惜しんでいた。その疲れが一気に出たのだろう。しかもあらかじめいっておいたので、せっかくの風流暮らしのじゃまをしてはいけないと、だれも遠慮して訪ねてこない。

ともあれ、このままにはしておけない。

「お医者はんを呼ばな、あきまへん」

芭蕉の門弟には医者もいる。真っ先に浮かんだのは膳所の町医者、尚白だった。

「尚白はんに知らせて……」

ところが芭蕉は、ついと手を伸ばして智の膝にふれた。

「智月さんが、きて、くれました。熱なら、じきに、下がります。病のことは、だれにもいうては、なりません」

ひとりで看病してほしいというのか、智はうろたえた。これ以上ひどくなったら…………もし治らなかったら……責任重大である。

けれどその一方で、自らの手で看病したいという思いもふくらんでいた。尚白に知らせれば近江中にひろまる。宗匠の容態を案じた門弟が、引きもきらず押しかけてくる。そうなれば幻住庵は、幻の住む場所ではなくなってしまう。二人きりで語り合い、木曾義仲と巴御前を偲ぶこともできない。

「ほんなら、看病させてもらいます。うちがきっと治してみせます」

そうはいっても、家の者にだけは知らせておかなければならない。芭蕉によると、ふもとの村には庵の修築をうけおった大工がいて、雑用ならなんでも手を貸してくれるという。

智は又七に文を書き、その文を大工に届けてもらうことにした。芭蕉の熱が下がるまで泊まりこんで看病するつもりでいるが、騒ぎになると困るのでだれにもいわないでほしいとしたため、薬や食料、身のまわりの品などを店の者に届けさせるようにとも書きそえた。

「ふもとまで行ってきます」

その前に――。

智は芭蕉から清水のわき出る場所を教えてもらい、冷たい水を汲んできた。芭蕉をかかえ起こして水を飲ませてやり、汗にまみれた体を拭いてやる。

それだけで芭蕉は生き返ったようだった。

「巴御前さんに抱かれた、幼い日の義仲公になった心地がいたします」

などと軽口が出ればひと安心。

ここ数日でずいぶん病みやつれてしまったように見えたけれど、芭蕉の重みを自分の薄い体でうけとめていると、はるか奥州まで歩きとおしたという俳諧師がこの程度のことでは負けるはずがないともおもえてくる。

重みのすべてを無防備に託してくる男が、智は愛しかった。宗匠でも恋人でも弟でもかまわない。やはり、芭蕉とは前世からの因縁があるような……。

芭蕉の額にぬらした手拭いをのせて腰を上げる。

「ほな、行ってきます。すぐにもどりまっさかい、ひと眠りしといておくれやす」

智は庵を出た。

京・下御所　承応三年（一六五四）

時鳥の声が聞こえている。

この鳥は鶯の巣へ卵を生みつけるとか。ややこを自分の手で育てないとは、なんとまぁ怠惰な鳥だろう。それとも、時鳥には時鳥の、やむにやまれぬ事情があるのか。

長局の榑縁の欄干にもたれて、智は鳥の声にぼんやり耳を傾けていた。

このところ物思いに沈んでばかり。でなければ、不安にかられ、宛のない文を書いては破ってみたり。なにをしていても、気がつけば下腹をなでている。そこに新しい命が宿っているからだ。

帝の御子――。

むろん、それ以外にはあり得ない。

侍妾のひとりとして寝所へ呼ばれるようになったのはこのひと月ほどだが、実は、年初から帝の情けをうけていた。薬湯を運んだ際に閨へ引きこまれ、契りを結んだことが二度三度……。

帝の御子を産めばお腹さまである。快哉を叫んでもよいはずだ。それなのに、手放しでは喜べない。

智は帝から秘かに丸薬を手渡されていた。心利いた者に託して知り合いの医者に届けさせ、薬の正体を調べさせている。白黒は、まだわからない。

帝の疑いがたとえ杞憂であったとしても、今、この御所のなかに不穏な空気が満ちているという事実は、疑いようがなかった。帝の御子を産むことが吉と出るか凶と出るか、智ははかりかねている。

悪阻はようやく終わろうとしていた。どうにかごまかしたつもりだが、女たちは目ざとい。気づいた者がいるかもしれない。いずれにしろ、腹が目立ってくれば、打掛でも隠しきれない。

なんとかしなければ――。

気は焦っても体はけだるく、ついつい先延しにしている。

卯月曇（うづきぐもり）の空の下、ひらひらと舞う竹落葉を、智は物憂げな目で追いかけていた。と、そのときだ。

「内侍（ないし）さまがお越しにございます」

部屋子が知らせにきた。

返事をする間もなく、勾当内侍（こうとうのないし）が打掛の裾（すそ）をひるがえして入ってきた。座るなり内侍の視線が智の腹にむけられたのは、やはり懐妊の噂を耳にしてとんできたのか。

智はあわてて居住まいを正した。

「内侍さまにはご機嫌うるわしく……」

「さような挨拶（あいさつ）はよい。小少将（こしょうしょう）どの。帝の御子をさずかったとは、まことか」

「はい……」

頬をそめてうなずく智を、内侍は思案の目で見つめている。

「そは、めでたい」

言葉とは裏腹に、にこりともしなかった。むしろ、追いつめられた者のように、その表情は強（こわ）ばっている。

「されば……」と左右を見まわしながら、内侍は膝を進めた。

「すぐ仕度をしなされ」

「仕度？　なんの仕度にございましょう」

「退出の仕度じゃ。ただちに宿下がりをせよ」

「宿下がり……」

「皆には急な病ということにしておく」

「なにゆえ、さような……」

智はとまどうばかりである。

内侍はぐいと身を乗りだした。

「ややこをお守りいたすためじゃ」

智はあっと声をもらした。

「なれど、帝に、ご挨拶を……」

「これは帝御自ら仰せつけられしこと。帝は日頃より仰せじゃ。懐妊した女子があらば、公にせず、即刻、退出させて、しかるべきところへ匿うように……と」

帝の御子が、江戸の幕府方の手で水にされたり夭逝させられているという噂は、今にはじまったことではなかった。毒殺されるのではないかと恐れ、丸薬を調べさせるほど幕府に不信感を抱く帝なら、懐妊した女を宮中から遠ざけよと命ずるのも無理はない。

とはいえ、あまりに急な話だった。帝に会わずに宮中から去るのは、なんとしても心のこりである。

「なにとぞ、ひと目、お別れを」

「急な病で宿下がりをする女が帝にお目どおりを願うは、妙とはおもわぬか」

「それは……」

「帝のおそばには幕府のまわし者がおるらしい。だれとわからぬゆえ、いっそう不気味じゃ。用心にこしたことはあるまい」

寝所にいてさえ声をひそめ、警戒を怠らなかった帝を、智はおもいだしていた。たしかに危うい橋は渡らぬほうがよい。ややこの命を守るためである。

落胆の吐息をもらした智に、内侍はいたわりの目をむけた。

「無事に身ふたつになるまでの辛抱じゃ。ややこが生まれたらもどって参ればよい。帝も首を長う(なご)して待っておられよう」

ややこが無事に産まれたとしても、内侍がいうように、宮中へもどってこられるかどうか……。自分はともかく、ややこに危難がふりかからないと断言できようか。もし、ややこが男児であった場合はなおのこと。

不安は尽きなかった。が、それしか選択肢がないことも、智はわかっていた。あれこれいう前に、まずは丈夫なややこを産むことである。

「仰せのとおりにいたします」

腹を決めた。

内侍が「ただちに宿下がり」といったのはほんとうだった。だれにも知られぬよう、あらかじめ準備万端ととのえた上で、ここへやってきたにちがいない。

智が部屋子に身仕度をさせるあいだも、内侍はそばをはなれなかった。仕度が終わるや車舎(くるまやどり)へ伴われ、輿(こし)へ押しこまれる。同朋(どうぼう)へ挨拶さえできない。

「里へはすでに知らせをやった。とりあえずは養生を……。ただし、場合によっては別の場所へ移ることになるやもしれぬ。いずれにせよ、ややこのことは、みだりに公言せぬように。よいの」

何度もいいふくめられて、あわただしく出立する。

予想もしなかった出来事に、智はただ茫然(ぼうぜん)と輿にゆられていた。

幻住庵　元禄三年（一六九〇）

火吹き竹を使いながら、もう一方の手の甲で額の汗をぬぐう。智は、ようやく、強(こわ)

ばっていた頬をゆるめた。

昨夜は一睡もしていない。芭蕉の容態が悪化したためで、やはり医者を呼ぶべきだった、ひとりで看病をしようなどとは身のほど知らずもよいところだと自分を責め、心配のあまり眠るどころではなかったのだ。

夜明けとともに快方へむかった。八幡宮の御神体である阿弥陀如来の御加護かもしれない。

もちろん、完治してはいない。顔は火照っているし、目元も赤らんでいるから、熱がまだあるようだ。体の節々も痛むという。それでも食欲が出てきたのは、回復しはじめた証拠だろう。

勝手なもので、こうなると一変、だれにも頼らず、ひとりで看病したことが誇らしく、この上ない幸運におもえた。枕辺で共に苦しんだひと夜が、二人のあいだの距離を一段とちぢめたような気がする。

智は煮立った粥に細かくきざんだ菜を入れ、家人に届けさせた卵を落としこんで、木杓子でさっとかきまぜた。できあがった粥を椀に取り分ける。

公家の娘に生まれ、厳しく躾けられて宮中へ上がった。宮中を退いてから嫁いだ先は大津宿の人馬継問屋、智のまわりにはいつも人がいた。こんなふうにひとりで台所に立って粥をつくるなど、これまでにはないことだ。

自分を頼ってくれる人がいる。その人のために台所に立つ。なんとささやかな、けれどかけがえのないひとときか。

看病ができるんやもの、うちは幸せやわ——。

遠い昔はそれさえ叶わなかった。帝とは別れを惜しむ間もなく引きはなされ、看病どころか、突然、訃報を聞かされただけ。もどかしさや悔しさをいやというほど味わった智は今、しみじみそうおもう。

「さ、できましたえ」

盆をかかげて座敷へ上がる。

濡れ縁に芭蕉の背中が見えた。いつのまに寝床から這いだしたのか、早くも俳諧を詠もうとしているらしい。かたわらに矢立と紙が置かれている。

「芭蕉はんったら。起きたらあきまへん。お熱かて下がってはおへんのやし、そないな格好で起きだして、ぶりかえしたらどないしはりますのや」

智に叱られて、芭蕉は大仰に首をすくめた。

「おお怖。姉さんに見つかってござる」

「あたりまえや。目ぇ光らせてるのやさかい。熱が下がって咳が止まるまでは、姉さんのいうこと、聞きなはれや」

二人は顔を見合わせ、同時に噴きだしている。

智は、庭の見える場所に夜具を引きだし、手をそえて、病人をその上に座らせた。家人に届けさせた綿入れを肩にかけてやる。

「極楽極楽。これなら風邪をひくのもわるうはありません」

芭蕉はにこにこしている。

「冗談いわんといておくれやす。芭蕉はんが治らんかったらどないしょうかと、うちは、生きた心地もしまへんどした」

さ、お食べやすと椀をさしだした。手に取ろうとしないので、木篦で粥をすくって、息を吹きかけて冷ましてやる。

芭蕉はうれしそうにながめているだけ。とおもったら、あんぐりと口を開けた。

「俳諧をつくろうというお人が、ひとりで食べられんはずはおへんのやけど……」

子供のような芭蕉がおかしくて、つい笑ってしまう。

智は粥を食べさせてやった。ほんとうは甘えてくれる芭蕉が愛しく、智自身、夢見心地になっている。それを悟られないように、あえてきびきびと手を動かしたり、咳きこむ背中をさすったり。

「実をいえば、少々人に倦んでおりました。それゆえ、だれにもくるなといったのですが、そのくせ、智月さんがみえるのを待ちかねて……」

美味しそうに粥を食べ、白湯を飲んだ芭蕉は、いたずらっ子から年相応の顔にもどってしみじみと述懐した。

「人に倦むやなんて……芭蕉はんらしゅうもない」

芭蕉はどこにいても門弟にかこまれている。つい先日の石山詣でや琵琶湖での舟遊びの光景をおもい浮かべて、智は首を横にふったのだが……。

芭蕉は真顔だった。

「いや、それが本音。そういう厄介な男よ、このわしは。つまり、しがらみを断ち切りたくなる。見たくないものが見えてしまうと、とたんに逃げだしとうなる」

「そのお話やったら、前にお聞きしました」

あれは智の家へ訪ねてきたときだ。芭蕉の俳諧に突き刺すような鋭さを見つけて、智は意外な思いに打たれた。温厚そうな見かけとは裏腹に、世のなかへ、とりわけ俳諧の世界への非難と反骨、挑戦の心をまざまざと見せつけられたような気がした。

「そうでしたな。智月さんにはいっぺんで見ぬかれました」

「見ぬいたやなんて……うちはただ……」

「あのときどこまで話したか忘れましたが、十年前、江戸市中の俳諧師どもに腹を立てて深川に庵を結びました。その庵をすてて奥州へ旅立った。今また、なにかからたまらなく逃げたくなって、ここへ、やってきた……」

芭蕉はごほごほと苦しそうに咳をする。

「逃げだしたいなにか、て、なんどすのやろ。わからんけど……ま、ええわ。うちではない、いうだけでもうれしゅおす」

　智は手をそえて、芭蕉を寝かしてやった。

「智月さんは……」と、またもや咳きこみながらも芭蕉はつづける。

「智月さんは、郷里と、おんなしです。どこにいても、智月さんのいるとこへ帰りとうなる」

　それだけいって目を閉じた。


　台所で粥をかきこみ、あとかたづけをすませて、智は枕辺へもどった。縫い物をはじめる。

　芭蕉は眠っていた。昨夜とちがって規則正しい寝息が耳に心地よい。安堵したせいか、智もにわかに眠くなった。縫いかけの襦袢を脇へ押しやり、芭蕉の隣に身を横たえる。

　どのくらい眠っていたのか。

　目を覚ましたときは日向だったはずの縁側が日陰になっていて、かわりに庭の陽光がひときわ眩しさを増していた。太陽が頭上にある、ということだ。

　はっとわれに返ってかたわらを見ると、体がふれあうほど間近に芭蕉が仰臥していた。いつのまにやら二人でひとつの夜具をかけている。

それでは、芭蕉はいったん目覚め、添い寝のかたちで眠りこけている智に気づいたのだ。夜具の端を持ち上げて、智にもかけてくれたのだろう。

顔が火照った。智は狼狽した。

門弟か村人か神主か、だれかが今、訪ねてきて、二人の姿を見たら、腰をぬかすにちがいない。昼日中に、若いとはいえない俳諧師と老尼が寄りそって、ひとつ夜具に寝ているのだから。

かっこうの噂になる。

いやわ、恥ずかしい――。

すぐさま逃げださなければ、とあわてる心に反して、体は動かない。動きたくないからだ。こうして芭蕉と寄りそって寝ているだけで、ありとあらゆる――母であり姉であり恋人であり弟子でもある――感情が、ことごとく満たされてゆく。

逃げるのはやめた。だれに見られようがかまわない、恥じることはないのだと智はおもいなおした。

今、山腹の庵で、ふたつの魂が求め合っている。ただそれだけのことではないか。それ以上でもそれ以下でもない。だからこそ、至福の時なのだ、ともおもった。

帝との短くも燃え立つような交わりや、歳月に培われた亡夫とのいたわり合いに勝るとも劣らぬ魂の結びつき――。幻のようにたとえそれが一瞬で消えてしまうものだとしても、今は、たしかにここにある。

身じろぎはしなかった。少しでも長くこうしていたかったから、智は寝ているふりをつづけた。

芭蕉も目を閉じていた。が、思いはおなじだったのか。手がそっと伸びてきて、智の手をにぎった。

二人は手をつなぎ合ったまま、現と幻のあわいに身をゆだねる。うっかり言葉を交わして至福の時が消えてしまわないよう、吐く息さえもひそやかに。

ややあって、カツカツカツ……と音がした。庭の椎の木に啄木鳥がいるらしい。

現がもどってきた。

「病み上がりの老人がなにをおもうているか、おわかりですかな」

と、芭蕉が訊ねた。

「義仲はんと巴御前はんのことどっしゃろ」

智は即座に答えた。

芭蕉に出会ったのは大津宿の義仲寺だ。木曾義仲と巴御前は義仲寺ゆかりの武将と女武者である。今の今まで忘れていたのに、とっさに口をついて出たのはやはり、古の二人の名前だった。

芭蕉はにぎった手に力をこめた。

「智月さんはなんでもお見とおしにござるの」

「うちかておなじこと、おもうてました」

「今ほど二人を身近に感じたことはない。さようではござらぬか」

「ほんまに。うちは巴御前はんになったような気がしてます」

幼なじみにして姉弟（きょうだい）、恋人にして主従、そして子をなした夫婦でもあった義仲と巴御前。もっとも、二人のかかわりがなんであったか、そんなことはどうでもいい。大事なのは、二人が魂で結ばれていた、ということだ。

啄木鳥が立てる音は忙（せわ）しいが、もの哀しくもあった。永遠にきざみつけることのできないものを、大木にきざもうとしているかのような……。

魂の結びつきは、旅の途上の束の間の邂逅（かいこう）にすぎない。至福のひとときをきざみつけることは不可能だ。義仲と巴御前も、芭蕉と智も……。

ふいに熱いものがこみあげて、智はしゃくりあげた。

「なんでやろ、なんでなにもかもが、失（の）うなってしまうんどすか。まるで幻やわ」

問いには答えず、芭蕉はついと腕を伸ばして、尼頭巾（ずきん）ごと智の頭を抱きよせた。

鎌倉　寿永三年（一一八四）

巴は仇敵の源頼朝と対峙していた。

頼朝の館で、ではない。巴が囚われていた家臣の和田義盛邸の奥の間である。

はじめは巴が館へ召しだされることになっていた。が、頼朝の館では、妻の政子や娘の大姫に気づかれる心配がある。勇名を馳せる巴が万にひとつ逃亡する恐れもあるので、急遽、頼朝のほうが面会に訪れることになったのだった。

頼朝軍の兵の首をかっ切った女武者でも、娘の許婚の生母にはちがいない。縄をかけられるような辱めこそうけなかったが、巴は屈強な武者の一団にかこまれて、頼朝の前に引きだされた。

大姫の侍女が運んできた美々しい女装束を身につけている。御殿ふうのよそおいに身をつつみ、化粧をほどこした巴は、敵将でさえ骨抜きにしてしまいそうな艶やかさだった。実際、頼朝の目に好色な色がよぎったように見えたが……。

それも一瞬だった。

「そのほうが巴か。噂は聞いておる」

巴は上目づかいに頼朝をにらみつけた。

「いかなる噂じゃ」

「戦場では男子（おのこ）顔負けのはたらきとか」

「戦場でのうても、裏切り者の首なれば、即刻かき切ってやる」

憎悪のこもった口調か、刃より鋭いまなざしか、どちらがよりいっそう頼朝の胸に深く突き刺さったのだろう。

巴は、下手（したて）に出て頼朝の機嫌をとる気などさらさらなかった。というより、生来そういうやり方は教えられていない。泣き落としも媚（こ）びも色仕掛けも、そんな言葉があることさえ知らなかった。

頼朝もにらみ返してくる。

「木曾軍は大敗した。木曾どのの命運は尽きた。そのほうは負けたのだ」

「たしかに。なれど鎌倉（かまくら）には天罰が下るぞ。身内の手柄を横取りして卑怯（ひきょう）な戦（いくさ）を仕掛けるような輩（やから）を、神仏が見逃すものか」

平氏を討って都へ上った木曾義仲を、おなじ源氏の頼朝が追討した。巴はそれが許せない。せめてもう少し穏やかに話すべきだとわかっていたが、わが命であった義仲を討たれた悔しさ悲しさが一気にこみ上げて、もはや抑えることができなくなっていた。

頼朝は眉をひそめている。

女ひとり、どうということもない、手もなく服従させてやる――。

武将なら、たいがいそう考えるものだ。が、頼朝の場合は事情がちがった。正妻の政子からしょっちゅうやりこめられている。しかもこのところ、義高の助命について、やいのやいのとうるさく責め立てられていた。

それればかりではない。このたびの戦には大勝したものの、いまだ世を平定したわけではなかった。もとより疑い深い質なので、疑心暗鬼もついてまわる。

頼朝は苛ついていた。

「気の強い女子よ。命乞いをするかとおもうたが……」

「わらわの命なら、好きにせよ。この首、かっ切るがよい。だが、わが子の命だけは奪うな」

「敵将の子を生かしておくわけにはゆかぬ」

「義高は大姫さまの許婚じゃ」

「敵将の嫡子を婿にはできぬ。破談とする」

「義高はまだ十二」

「それがなんとした？」

「大姫さまも助命を願うておられるそうな。おのれも親なら……」

「女子に戦の掟はわからぬ。親である前に、わしは武将だ」

「武将ならわらわの首を切れ。子の首はならぬ」

「さほどに申すなら、母子共々、成敗してくれるわ」

「おのれは鬼じゃ。卑怯な鬼じゃ。なればわらわは御方さまに嘆願する。この鎌倉では、御方さまのほうがおのれより力があると聞いた」

「たわけッ。黙らぬかッ。もうよいッ。顔も見とうない。早う連れてゆけッ」

頼朝は和田に命じた。郎党どもが左右から巴の腕をつかむ。引きだされたときとはがらりと変わって、郎党どもは手荒だった。

巴は突き飛ばされて、塗籠へ倒れこむ。

案じていたとおり、しくじってしまった。化粧も装束も無駄だった。わが子の命を救うためならなんでもしようと決めていたのに、夫の命を奪った男と対峙したとたん、われを忘れてしまった。

けれど、あの頼朝に、どんな嘆願をすればよかったのか。頼朝は非情だ。これまでの身内の扱いを見てもわかる。だいいち、愛娘でさえ動かせない頼朝の心を、敵将の女にどうして動かせよう。

義高、許しておくれ、母のせいじゃ、母のせいじゃ——。

巴は床に額を打ちつけて呻いた。

「斬れッ。わらわを斬れッ。わらわの首を斬れッ」

そうしているうちに頭に血が上って、獣のようにわめく。と、そのときだ。

「斬ってやるゆえ、しばし待て」

間延びした声が聞こえた。じかに話したことはないが、声はしょっちゅう耳にしている。和田義盛である。

巴が囚われていると大姫が知ったのは、和田が政子に伝えた話をもれ聞いたからだとか。大姫の侍女がそういっていた。ということは、和田に頼めば、政子と話ができるかもしれない。

巴はわめくのをやめ、眸を凝らした。

和田は格子越しに巴を見つめている。とおもうや、大柄な体をちぢめて戸口をくぐり、なんと、塗籠のなかへ入ってきた。

膝をつき、一礼する。

「郎党どものご無礼の段、重々お詫びつかまつる」

もったりとした声で詫びを述べた。薄暗いので表情まではわからないが、命のやりとりをするような雰囲気はみじんもない。

巴も居住まいを正した。

「和田義盛どのじゃな」

「いかにも。この屋敷の主にござる。巴御前さまの身受人でもある。いずれ、御前さまのお命を頂戴(ちょうだい)つかまつる際は、それがしのこの腕がひとはたらきすることになろう」

あっさりいわれて、巴は面食らう。

「わらわの、ことは、よい」

「ようはないが、ま、よかろう」

妙な按配(あんばい)である。が、今は和田に関心を示している余裕はなかった。

「そなたにたのみがある」

「なんなりと」

「そうじゃ。その前に、わらわがこと、御方さまに知らせてくれたそうな。大姫さまの使いと面会できたのもそなたのおかげ。礼を申す」

「なんの、それしき」

「さあらば、御方さまにことづてをたのみたい」

「かしこまってござる。して、なんと？」

「今しがたのことじゃ。わらわはお館(やかた)を怒らせてしもうた。このままでは義高の命が危うい。なんとしても救うてくださるよう、わらわの切なる思いを伝えてもらいたい」

母同士、わが子をおもう心はおなじはず。できることならじかに会って話をしたいとたのむと、さすがに和田は首を横にふった。

「それはちと、ご無理かと存ずる。お館さまの逆鱗にふれるでの」

「すでにふれておるわ。どのみち、わらわは首を刎ねられよう。覚悟はできておる」

「それもちと、まずい」

「まずい？　なぜじゃ」

「御前さまを死なせとうないからだ」

「ふん、わらわの命など……。わが子の命さえ無事なら、この素っ首、犬にでもくれてやるわ」

巴は顎をつんと上げる。すると、和田はぱんと手を打った。

「されば、いただこう」

「なんと？」

「御前さまのお命、それがしがもろうた」

相変わらずの間延びした声に、巴の頭はますますこんがらかってくる。

「わらわの話はどうでもよいというたはずじゃ。そんなことより義高がこと。御方さまに会わせよ。それが無理なら、わらわの言葉を伝えよ」

「お子を救う手立てを考えてほしい、と申せばよろしゅうござるか。ならば承知」

和田はのそりと腰を上げた。

「本日のところはこれにてごめんつかまつる」

「待て。御方さまへの伝言、しかとたのんだぞ」

戸口をくぐって出てゆこうとする和田の背中に、巴は念を押した。

和田はもう消えている。

御方さま、大姫さま、なにとぞ義高をお救いくださいまし――。

巴は両手をすり合わせた。今はもう、うめきもわめきもしない。少々頼りなさそうではあるものの、器の大きさをも感じさせる和田が身方になってくれるなら、なんとか切りぬけられそうな気がしている。

鎌倉の深い闇の底に、巴は、かすかな光明を見いだしていた。

五

幻住庵　元禄三年（一六九〇）

水面に映った木もれ陽がゆらめいている。泉がこんこんと湧き出ているからだ。訪れる者がめったにない山間の谷で、だれに知られることもなく、まるで胸をときめかせているかのように見える泉。自分の心をのぞきこむような……。

智は手桶で水を汲み上げた。

清水のおかげやわ――。

もちろん喉をうるおせる。飯を炊き、熱を冷まし、体を拭き清めることもできる。なにもかも、この水のおかげだった。芭蕉の熱は下がり、足下こそまだおぼつかないものの、智の手を借りて近津尾八幡宮へ参拝するまでに回復している。こけていた頬が丸みをおびて、血色も別人のようによくなっていた。

阿弥陀はん、おおきに――。

今も智は八幡宮の御神体に手を合わせてきたばかりだ。が、一抹の寂しさはどうにもしようがなかった。芭蕉は旅を住処とする俳諧師である。病が癒えれば、遅かれ早かれ旅立ってしまう。引きとめておくことはできない。

いっそこのまま治らなければ――。

不謹慎なおもいがちらりと頭をよぎって、智はあわてて左右を見回した。だれもいない。声にしていないのだから、人がいたところで聞き咎められる心配もない。わかっていても後ろめたかった。阿弥陀如来の耳は逃れても、山に棲む八百万の神々に咎められそうな……。

腰を上げようとしたところでもう一度かがみ、両手で清水をすくった。

地中から湧き出た水は冷たい。一気に飲み干すと、唇から喉へ、喉から胸へ、胸から腹へ、清冽な水が邪念を洗い流してくれそうな気がした。

もうひと口飲もうと手を伸ばしたとき、さーっとあたりが静かになった。あたりまえのように聞こえていたので気にもとめなかった蟬の声が、いつのまにかやんでいる。山中の蟬は宿場町の蟬よりせっかちなのか、ここでは早々と蜩の季節を迎えていた。

代わってざざっと音がする。とおもうや、ばらばらと砂や石が落ちる音。

「芭蕉はんッ」

芭蕉が杖をたよりに砂利道を下りてきた。

智は駆けよって芭蕉の腕に手をそえる。

「危のおすえ。いうてくれはったら、お連れしましたのに」

「置いてけぼりになったような気がして、にわかに待ちきれのうなりました」

芭蕉はおどけて首をすくめた。

「あれま、童みたいなことを」

「宗匠も人の子、ときにはだれかに甘えとうなります。とりわけ智月さんのような女人がそばにいるときは」

「芭蕉はんが甘えんぼやなんて、門弟はんはだれも知りまへんやろなぁ」

「他には洩らさぬように願いますよ。俳諧の軽味ならよいが、宗匠が軽々しゅうおもわれては、皆から馬鹿にされます」

「ほんなら、ヒミツにしまひょ」

二人は笑いながら、泉のかたわらの石に並んで腰を下ろした。おあつらえむきの平らな石は苔むしている。

しばらくのあいだ口をつぐんで、山そのものの囁きに耳を澄ませた。蟬はふたたび鳴きたてていたが、蟬しぐれにもかき消されない声がひそやかに聞こえているようにもおもえる。

「芭蕉はんは蟬を詠んではりまっしゃろ、尚白はんから教えてもらいました」

智は生い茂る樹木の梢に目を走らせた。蟬の姿を探してみる。

「ほう、どれにござるかな」

「撞鐘もひびくやうなり蟬の声」

「おお、美濃の稲葉山で詠んだものにござるの」

「稲葉山……稲葉山城いうたら斎藤道三はんのお城どすなあ。道三はんを討ち果たしたのは実の息子はんで、その稲葉山城を奪うたのが道三はんの娘婿の織田信長はん……」

「よう存じておられる」

「宮中へ上がるには、和歌や聞香、源氏物語が読めればええとおもわはるやもしれまへんけど、うちがお仕えさせてもろたお人は、そんなもん、お嫌いどした。剣術やら兵学やら……合戦の話がお好きやったさかい、うちも覚えてもうたんどす」

若き日に智が仕えていた後光明天皇は気骨に満ちていた。江戸幕府のいいなりにはならぬと身がまえていたものだ。智は以前、あたりさわりのないところだけではあったが、芭蕉にこの話をしていた。

「まさに兵。兵どもの夢の跡では、蟬の声も一段とにぎやかに聞こえてござる」

「蟬の声があまりに騒がしゅうて釣鐘まで鳴りだしそうやった……うちもその場にいるような気ぃがします」

「昨年の奥羽路でも、立石寺という寺で一句、詠みました」

「どんな俳諧どすか」

「山寺や石にしみつく蟬の声、にござる。まだまだ推敲せねばなりませんが」

智は口のなかで復唱してみた。

「そないなことはおへん。石にしみつく、いうのがおもしろおす。ほんまに暑苦しゅうて、すさまじゅうて、しみつきそうやわ」

「蟬の幼虫は地中に何年も棲んでござる。なのに成虫になってこうやって鳴いている間はごく短い。だからこそ、すさまじゅう聞こえるのでござろうよ」

芭蕉はふところから帳面を、腰にぶら下げた矢立から筆を取りだして、筆に墨をふくませた。虚空をにらんでいたかとおもうと、帳面の上に筆を置き、一気に書き下ろした。

智は息を呑んで見つめる。

芭蕉はなにもいわず、帳面を智に手渡した。

「拝見します。やがて死ぬ　けしきは見えず……」

「……蟬の声」

「やがて死ぬけしきは見えず蟬の声……ほんまやわ……ほんまにそうどすなぁ」

芭蕉が俳諧を詠むところなら、これまで何度か目にしている。珍しいことではなかったが、生死の境からようやく帰還したばかりの芭蕉が、今ここで――蟬しぐれと湧き出る泉と萌え立つような深緑にかこまれた山間の地で――しかも、二人きりでいるこのときに詠んだ俳諧だとおもうと、智は即興の俳諧が特別な意味を持つ十七文字におもえた。

これは、もしや、自分たちのことを念頭に置いて詠んだのではないか。

芭蕉と智はそれぞれ人生の長い季節を、闇のなかでもがきながら生きてきた。もはやいつ終わってもおかしくない晩節になって、ふたつの魂が出会った。声を合わせて鳴いている蟬のように、至福のときは短く、さればこそすさまじい……。

智は芭蕉の横顔をうかがった。

いつものように飄々としている。穏やかな表情も変わらなかったが、樹木の一点にそそがれた視線には、泉のごとく湧き出る思いがこもっているようにも見えた。

「この、俳諧どすけど……」

おもいきって真意を訊ねようとすると、芭蕉は最後まで聞かずにうなずいた。

「さよう。義仲公にござる」

智はあッと声をもらした。

むろん、そうだ。熱くはげしく、短い生を駆け抜けたのは木曾義仲。芭蕉が敬慕してやまない武将である。

「主流に迎合しない。孤高を貫く気概こそが、義仲公の義仲公たる真骨頂」

　それはまた、俳諧の世界で孤軍奮闘する芭蕉自身のおもいでもあるのだろう。智ももう動揺をおさめて、巴御前におもいを馳せている。

「義仲はんは潔いご最期どしたけど、巴御前はんはさぞお辛おしたやろ。いっしょに死にとおしたやろなぁ」

「女子には女子の役目があります。子を育てる。家を守る。亡夫の菩提を弔う。もうひとつ、わが血を後世に引きつぐ。勇者とはいえ巴御前さんも女子にござる。義仲公に先立たれてからが、まことの闘いだったのかもしれません」

「それやったら、女子はわりに合いまへん。苦労しても生きんならんやなんて」

　華々しく散った義仲のほうが、後半生になにがあったにせよ、流浪の果てに義仲寺で庵をむすんだ巴御前より幸せではなかったか。

　不服そうにいうのを聞いて、芭蕉は智に目をむけた。

「わりに合おうが合うまいが、身勝手といわれようが、女子に後始末を託して後顧の憂いをなくしたいとおもうのが男……」

　芭蕉の視線は見返した智の視線をとらえて、釘付けにしてしまう。

「旅に明け暮れ、妻子をもたぬ身なれど、命果つるときは惚れた女子に看取られ、菩提を弔うてもらいたい……それが本音。結ばれとうても現世では叶わぬ者の、せめてもの、慰めにござろう」

　智はまたもや胸をざわめかせた。芭蕉はいつもこうである。自分たちのことを話していたかとおもえば、いつのまにか義仲と巴御前の話にすりかわっている。ところが義仲と巴の話かとおもうと、そうばかりでもないらしい。

　芭蕉が「惚れた」というのは、もしや自分のことではないか。芭蕉はこの自分に、菩提を弔ってほしいといっているのでは――。

　あほらし……と、智は苦笑した。芭蕉のこととなると、先走ったり尾ひれをつけたり、なだらかな心ではいられない。十も年長の老尼だということをつい忘れてしまう。

「芭蕉はんに惚れたお人がいやはるやなんて、知りまへんどした。菩提を弔うてもらうおつもりやったら、お若いお人やないとあきまへんえ。うちも会(お)うてみとおす」

　わざと軽口のようにいってみたが、芭蕉のまなざしは動かなかった。

「智月さんは巴御前、御前さんにお歳はありません。腥(なまぐさ)い煩悩とも無縁、といいたいが、そればかりはどんなものか……というて尼さまをどうこうしようなどという大それたことはおもうてもおりません。それよりもっと、深く結びつく方法はないものか、と」

「深く、結びつく……」

「なんということもないひとときにこそ、魂は宿るもの。まぁ、しばし目を閉じて、蟬の声を聞こうではござらぬか」

抱きよせられて、智は芭蕉の胸に頰をつける。芭蕉の衣には薬湯の臭いがしみついていた。たしかな息づかいを感じながら目を閉じていると、なるほど、蟬の声が魂の叫びにもおもえてくるような……。

老い先短い身の、だからこそ、切実な声である。

ただ寄りそっているのはもどかしい。が、一方では芭蕉がいうように、これまでのどんな交わりよりも満ち足りているような気がした。

いつのまにか智は、ぽつりぽつりと、身の上を語っている。

鎌倉　寿永三年（一一八四）

巴は闇を見つめていた。

無事、逃げおおせますように——。

義仲の忘れ形見、わが子義高（よしたか）の鎌倉（かまくら）脱出が首尾よくゆくようにと、それだけを一心に祈っている。頼朝（よりとも）の心証を害してしまった今、義高の助命が叶わぬことは百も承知だった。

頼朝との面談のあと、巴は自分を幽閉している和田義盛にたのみこんで、頼朝の妻の政子に、義高の身に危難が迫っていることを知らせてもらった。ほどなく大姫の侍女が会いにきたのは、これも和田の格別な配慮によるものだろう。

——大姫さまは一計を案じられてございます。

侍女はその一計を巴に教えた。

義高に身代わりをたてる。その上で義高に女房装束をさせ、侍女たちと共に屋敷から脱出させる。大姫が手配した馬で一路、郷里の信濃国を目指す……というものだ。

——身代わりとは？

——双六のお相手をつかまつっていた海野幸氏と申す少年にございます。

——出立はいつ？

——お仕度がとどのい次第、ただちに。

ということは、おなじ鎌倉にいながら母子の対面は叶わぬ、ということだった。が、今は危険を冒すわけにはいかない。

——成算はあろうか。

——こればかりはなんとも……なれど、この命に替えましても、清水冠者さまをお守りいたす所存にございます。

清水冠者とは義高の通称である。

巴は手を合わせた。床に額をすりつけて、帰ってゆく侍女を送る。もし事が発覚すれば討っ手をかけられるのは必定、大姫の侍女たちも命がけである。

いつしか夕暮れ時になっていた。事はとうに為された時刻だ。屋敷の奥深くに幽閉されているので表の騒ぎを知るすべはなかったが、異変があれば、和田の耳にも入るにちがいない。もしそうなら、和田が知らせてくれるはずである。

和田は、これまでに巴が出会った、どんな男ともちがっていた。飄々としてとらえどころがない。茫洋としていて、謀とは無縁に見える。これでは敵にあっけなく寝首をかかれそうだが、それでも敵将の妾であり女武者としても名高い巴の身柄を託されているということは、頼朝の信頼が篤い証だろう。

和田は巴の命を、もらった、といった。首を刎ねる役を仰せつかっているらしい。喜んでくれてやるつもりだった。有象無象のだれかに刎ねられるよりは、再三便宜を図ってくれた和田に刎ねられるほうが、成仏できるというものだ。

ただし――と、巴は唇を噛みしめた。すべては義高の無事を見とどけてからだ。でなければ死んでも死にきれない。

義高一行は、どのあたりまで逃げたのか。東海道は危ういので、武蔵国から甲斐を経て信濃へ入ると聞いている。武蔵国にも頼朝の目は光っているはずだ。甲斐へ入るまでが難関である。

巴が最後にわが子を抱きしめたのは、ほぼ一年前だった。その日、義高を鎌倉へ送りだすときはもう、義仲と頼朝の仲は険悪になっていた。大姫の許婚（いいなずけ）という体裁ではあっても、実際は人質である。

――そなたは木曾冠者の子、なにがあろうと雄々しくあらねばなりませぬ。

あのとき、巴は十一歳の少年の華奢（きゃしゃ）な体を抱きしめ、そういい聞かせた。それは昔、おなじ歳ごろだった義仲に、日々いって聞かせていたことでもある。

――なにがあろうと雄々しく。

いや、雄々しくなどなくてもよい。ただ、生き延びてさえくれれば……。

「よろしゅうござるか」

ふいに聞き慣れた声がして、巴は物思いを断ち切られた。

返事をする前に、和田が身をこごめて塗籠へ入ってきた。巴の正面にあぐらをかいて、咳払（せきばら）いをする。

「お話しいたすか否か迷うたが、御前さまは女武者、隠し事は好まれぬであろうとおもうての……」

巴は唾（つば）を呑（の）んだ。両の手をぎゅっとにぎりしめる。

「いうてくれ」

「海野幸氏が捕らわれた。義高さまの身代わりになっておった男児だ。お館（やかた）さまは激怒され、堀親家に命じて討っ手をかけられた」

堀は軍勢を率いて出陣、関東一円に義高追討の命が下されたという。

やはり案じていたとおりだった。むろん、身代わりはいつかばれる。が、その日のうちに討っ手をかけられようとはおもわなかった。

「御方さま、大姫さまはなんと？」

「姫さまは泣き叫んで、お館さまに命乞いをしておられるそうな。御方さまも姫さまの御身を案じて、お館さまをきつう諌めておられると聞くが、お館さまが下知をくつがえしたとはいまだ聞かぬ」

頼朝の怒りを鎮めることができるのは、妻である政子だけだろう。

「御方さまに、わらわからも、なにとぞお力添えをと……」

「使いをやった。御方さまも、御前さまのお気持ちは重々承知しておられる」

巴は頼朝に色目をつかわなかった。大姫の侍女がせっかく美々しい装束をとどけてくれたのに、罵声を投げつけて頼朝を辟易させた。義高の助命嘆願はしくじったわけだが、嫉妬深い政子は、このことでかえって巴への共感を深めたようだった。

今はもう、政子を頼るしかない。

「そなたにもたのんでおく。なんぞ異変があったら知らせてくれ。たとえそれが聞きとうないことであっても」

知らないままでいるのは耐えがたい。

和田はうなずく。

「むろん、真っ先にお知らせいたそう」

「そなたには面倒をかける。あらためて礼をいうぞ。逃げ延びられるか討たれるか、いずれであっても、事が定まった暁にはこの首、そなたに刎ねてもらいたい」

「首なら、とうに、もろうてござる」

和田は一礼をして腰を上げた。

幻住庵　元禄三年（一六九〇）

至福のときは長くはつづかない。幻住庵へ移ってひと月もすると、芭蕉に会いに門弟たちが入れ替わり立ち替わりやってくるようになった。

智はすでに自宅にもどっている。となれば、一里といえども山道もあるので、そうそう訪ねられない。おまけにせっかく訪ねても、門弟と鉢合わせしてしまうこともしばしばだった。

もっとも——。

「洗濯物は持ってきてくださったか」

「へえ。洗うてきました。鉤裂きも繕うておきましたえ」

「そいつはありがたい。尼さまのおかげで着た切り雀にならずにすみます」

「上手いこといわれて、こき使われてばかりやわ」

そんなことをぽんぽんいい合う智と芭蕉は、だれの目から見ても姉弟のようである。二人のあいだの特別な絆に気づく者はいない。

智の胸には、二人きりですごした日々の、忘れがたい出来事がくっきりと刻まれていた。ひとつ夜具の下でまどろんだ白昼夢、やさしく抱きよせられて泣いたひととき、山道を歩いているとき、義仲寺へ詣でるとき、河合屋の帳場に座っているときでさえ、智は切ない吐息と共に、幻住庵でなければ決して見られなかったはずの幻を追いかけている。よりそって蟬しぐれに耳を傾けた泉のほとり……。

人生はもう先が見えていた。こんな終盤になって芭蕉とめぐり会ったことが、かえすがえすも口惜しい。もっと若ければ、いつもそばにいて、身のまわりの世話をしていたにちがいない。旅へついて行くことだって、できたかもしれない。

けれど芭蕉の考えはちがうようだった。この歳になってめぐり会ったからこそ、邪念や劣情にとらわれず、心の奥深いところで結びつくことができたのだという。そういわれれば、そのとおりだと智もおもった。

自分と芭蕉、芭蕉と自分——。

智も芭蕉も死にもの狂いで生きてきた。遥かな旅路を歩いてきた。その旅の果てに、義仲寺へたどり着いた。ふたりが出会ったのは単なる偶然ではないはずだ。義仲と巴御前の御霊に導かれたのではないか。

五月下旬、芭蕉は京の門人である凡兆に誘われて蛍狩に出かけた。智はあとから聞いたことだが、瀬田川に舟を浮かべて、蛍が何百と群れて火焔のように見える光景に心奪われたという。

芭蕉はその後、六月の半ばまで京の凡兆の家ですごした。

実はこのころ、智の身辺はにわかにあわただしくなっていた。河合屋の裏手にある母屋の建て替えがはじまったからだ。これはかねて計画されていたものだった。主人の又七は、新居の調度をあつらえようと金沢へ出かけた。が、行ったきり帰らない。

又七は智の弟である。智と河合屋の先代のあいだの子が早世してしまったため、養子に入って河合屋の跡を継いだ……と、世間にはそういうふれこみだった。

実際はちがう。又七は智が後光明院の寵をうけて産んだ子だ。事情が事情なので出自が公にされることはなかったが、かといって、下々の子供たちのように育てられたわけではない。風雅の道を好み、銭勘定に疎い若者が、粗野な駕籠かきや馬子を抱える人馬継問屋の主人になるのはどう考えても無理があった。

　金沢には知り合いがいる。工芸品や調度品など雅な品々がそろっていた。又七は金に糸目をつけず、金屏風や加賀友禅、銀細工などを買い漁っているらしい。昼間は俳諧や和歌に興じ、夜は珍味や美酒に舌鼓を打つ。執心している女子までいると聞けば、智も心穏やかではいられなかった。

　京からいったん帰った芭蕉が、そのあと滞在していた洒堂の家からもどるのを待って、智は幻住庵を訪ねた。

「文を書いてはいただけまへんか。あの子は芭蕉はんのおっしゃることしか、よう聞きまへん」

　又七は芭蕉を敬愛している。そもそも母や妻に俳諧を勧め、蕉門に引き入れたのは又七（俳号は乙州）だった。生まれて間もない自分を祖父母のもとへ置き去りにして河合屋へ嫁いだ母には、屈託を感じていたようだ。なかなか打ち解けず、ぎくしゃくしていた母子の関係を、俳諧で和らげようと考えたのだろう。

「困りましたな。他人様の倅に説教をするほど、こちらも行い澄ましてはおりません」

「ただ、帰ってこい、というてくれはったらええのんどす。いいかげんにしてもらわな、身上がつぶれてしまいます」

「他ならぬ智月さんの頼み、文を書きましょう」

芭蕉は約束してくれた。が、芭蕉にとって、これは楽なことではなかったようだ。いつもながらの柔和な笑顔を絶やさなかったので、商いのことはもちろん母屋の建て替えやら又七の心配やらで追いまくられていた智は、芭蕉の困窮した暮らしぶりに気づかなかった。このところ門弟と盛んに行き来をしていたので、安心していたこともある。

芭蕉は門弟たちに、紙や蠟燭(ろうそく)、煙草や下駄などを無心していた。残暑が厳しいので汗をかき、それが急激な山の寒気で冷えるたびに風邪をひく。持病の痔疾(じしつ)もぶりかえして、ときには歩くことにさえ難儀をしていた。

それでも、智を呼びはしなかった。顔を合わせれば甘えてみせる芭蕉だが、幻住庵へ移った当初の、あの二人きりの数日間についてはいっさい口を閉ざしている。

「郷里とは厄介なものにござるの。親も子もない。格別に親しい者がいるわけでもないのに、近場へくればよらずにはいられぬ。とりわけこの歳ともなると、これが最後やもしれぬと焦る心地もあるのか、知らぬ間に足がむいている。しがらみを断ち切ろうとあがきながら、つまるところは、しがらみにからめとられてござるよ」

いつだったか、芭蕉はそんなふうに述懐したことがあった。

自分のことも、郷里と同様におもっているのではないか。しがらみにからめとられるのが怖くて、距離を置いているのではないか。

——お母はん。宗匠はんの御文、粗末な紙を貼りつけたもんに書いておましたえ。

——千那はんの話では、洒堂はんにも無心しはったそうや。

——立秋の俳席へ遅れてきはったときも、えろう具合わるそうやったて。

——秋之坊が幻住庵を訪ねたら、宗匠はん、寝込んどったそうどす。

噂を耳にするたびに、智は臍を噛むおもいだった。

なんや、水くさいお人やなぁ——。

あの、心を通わせ合った日々はなんだったのか。身を寄せ、互いの鼓動に耳を澄ませたひとときは……。あれはやはり、幻だったのか。

眉をひそめながらも、芭蕉との魂の結びつきだけは、一瞬たりとも疑わなかった。現より幻のほうが真実であることも、ときにはあるからだ。

鎌倉　元暦元年（一一八四）

闇はつづいていた。

義高の安否は知れない。

和田義盛邸の奥まった場所にある塗籠には明かりとりの窓がないので、時刻の推移を正確に知るのは不可能だった。が、昼になれば、格子の外がうっすらと明るくなる。夜はどんよりと暗くなる。一日に二度運ばれてくる食事や見張りの交替にも目を凝らしていたので、巴は、義高が鎌倉を脱出してから今日までの日数を知ることができた。

――七日目の朝。

ということは、武蔵か甲斐か。義高一行は今、どのあたりにいるのだろう。

馬があると聞いていた。警護は、もう大姫の侍女たちではなく、選び抜かれた郎党に替わっているはずだ。積雪に行く手をはばまれたり吹雪で凍えそうになったり、そんな季節でないだけでも幸運とおもわなければならない。

義高の逃走を知らせて以来、和田は一度も顔を見せなかった。知らせることがないのは異変がない証（あかし）である。

このまま何事もなく、時がすぎますように――。

念じていたそのとき、足音がした。見張りの交替は終えたばかりだ。だれかが自分に会いにきたようだ。もしや、和田か……。

巴は全身を強（こわ）ばらせた。緊張のあまり、片方のまぶたが痙攣（けいれん）しはじめる。

やはり和田だった。が、いつもとちがって、和田は塗籠のなかへ入ってこようとはしなかった。重い足音が止まっても闇は動かない。

「そこにいるのはわかっている。なぜ、黙っているのだ？」

じれったくなって、巴は声を投げた。

「義高のことかッ。義高は……」

「約束を、果たしに、参った」

返ってきた声もいつもとはちがっていた。剽げたところもなければ、間延びした口調でもない。

とっさに槍を突き立てられたような気がした。そのときがきたら自らの手で首を刎ねると、和田は巴に約束している。そのときがきたのだと巴はおもった。

「義高の無事がわかるまでは死ねぬ……といいたいが、主命とあらばやむをえぬ。いずこへなりと引きだせ。ひと思いに首を刎ねよ」

毅然としていう。と、和田は喉の奥から呻き声をもらした。

「そうではない。もうひとつの、約束だ」

「あッ」

「できることなら知らぬふりをしたかった。が……約束は約束だ」

苦渋に満ちた声を聞いただけで、なにが起こったかわかった。

「義高が、捕らわれた。そうだな」

「いかにも」

「いずこにて？」

「武蔵国、入間河原」

「生け捕りにされたか」

「いや……堀親家の郎党、藤内光澄に討ち果たされた」

巴は言葉を発しなかった。口が渇き、舌も錆びついて、喉そのものが干涸らびてしまったようだ。悲しいとおもう心さえが、動きを止めている。

長い沈黙のあいだ、和田は身じろぎをしなかった。格子の内と外とで、ふたりはただむき合っている。

「遺骸は……」

ようやくのことで、巴はかすれた声を絞りだした。

「丁重に葬られよう」

「大姫さまは……」

「まだ知らされてはおらぬようだ。が、お知りになれば狂乱されよう。御方さまは激怒されて、藤内を成敗せよと息巻いておられる」

藤内という郎党は、はじめから生け捕りではなく、義高の首級を挙げるよう、命じられていたのだろう。命じたのは堀、堀に命じたのは頼朝。義高を鎌倉へ連れ帰れば、大姫や政子に助命を迫られる。窮地に立たされるようなことを、用心深い頼朝がするはずがない。

「衷心よりお悔やみ申す。力になれなんだこと、お許し願いたい」

和田は格子のむこうで膝(ひざ)をつき、頭を下げた。

和田のせいではない。それは巴もわかっていた。和田も政子も大姫も、その力の及ぶ範囲で義高を救おうとしてくれたのだから。

だが、和田が敵将のひとりであることもまた、まぎれもない事実だった。鎌倉方は――頼朝軍は――義仲を討ち果たしたばかりか、わずか十二歳の嫡子(ちゃくし)まで追討した。巴が自分の命より大切にしていたものを、ふたつながら奪いとってしまったのである。

「許すも許さぬも、もはや終わったことじゃ。ただちにこの首を刎ねよ」

そもそも義仲と共に討ち死にするはずだった。生きながらえていたのは義高を助けだすためだ。義高がこの世にいないなら、巴も生きる意味がない。

義仲は彼岸でさぞや無念を噛みしめているはず。巴は胸の内で詫(わ)びた。この上は一刻も早く彼岸へ行って、許しを請わなければならない。

「今となっては、生きることは、一瞬一刻が血を流す苦しみじゃ。わらわを憐(あわ)れとおもうなら、ただちに始末をつけてくれ」

巴は和田をにらみつけた。

和田は空咳(からせき)をする。

「お心に沿いとうはござるが、御前さまの御身は、御前さまご自身よりそれがしがもらいうけてござる。生死についてはこれよりお館さまに談判いたすゆえ、しばらくお待ちいただきたい」

「ふん。好きにするがよい」

巴はそっぽをむいた。

この世に未練はないのだから、おもい悩むこともない。処刑のその刻が決まるまで、義仲と義高、それに義仲に殉じた兄たちの冥福を祈ってすごそうと巴は胸を鎮めた。

「不便はないか。なんぞ、欲しいものはござらぬか」

「欲しいもの？　笑止なッ。わらわのことなら放念せよ」

「承知」

和田は行ってしまった。

巴はなおも虚空をにらみつける。自分の生は終わった。これよりは処刑を待つだけの、生きる屍にすぎない。

欲しいものはない、と巴はおもった。閉ざされた心が開くことは、こんりんざい、あり得ない……と。

ところが――。

巴の人生にはまだ、先があった。

ぼんやりしていたらしい。

「出よ」

見張りの声で顔を上げた。

和田は今しがた立ち去ったばかりだ。ずいぶん早いとおもったが、むろん、抗う気はなかった。苦しみは短いほうがよい。この首と一緒に、一刻も早く断ち切ってほしいと、巴はむしろ晴れ晴れとした心地で塗籠を出た。

「こちらにござる」

塗籠の外で待っていた郎党に先導されて、中庭に面した部屋へ入る。小体な部屋ながら、磨きこまれた板床には真新しい畳が置かれ、かたわらの花瓶にはヤマブキの花が生けられていた。

わらわの好きな花じゃ――。

死出の旅へ立つ前に、ひとときの平安を与えてくれようというのか。

「おくつろぎくだされ」

郎党の口調もこれまでとは変わっていた。

うながされるままに畳の上の円座に腰を落ち着け、丹精された庭をながめる。しばらくそうしていると、郎党に代わって女たちが茶菓を運んできた。高坏の上には美しい干菓子、茶碗にはほどよく冷ました麦湯。

「わたくしは初(はつ)、この者は綾(あや)と申しまする。これより御前さまの御身のまわりのお世話をさせていただきます。お心おきのう、お申しつけくださいませ」

丁重に挨拶(あいさつ)をされて、巴は首をかしげる。それだけではなかった。巴がひと息つくのを見計らって、初と綾は新たな装束を運んできた。

「死に装束には派手すぎはせぬか」

巴のつぶやきを聞き流して、女たちは着替えの介添えをする。

「お髪(ぐし)を梳(す)きましょう」

「化粧をなさいませ」

これも名残の座興か。巴はいわれるままに身をまかせた。

身仕度がととのったところへ、侍女たちを従えた、見知らぬ老女がやってきた。いよいよ処刑場へ引きだされるものと覚悟を定めていた巴は、おどろいて目をしばたたく。

「お館さまのご母堂さまにございます」

紹介されるや、巴は円座を下りて下座についた。その素早い動きが老女の心をとらえたようだ。老女はもの柔らかな笑みを浮かべた。

「女武者とは聞いていたが、さすがは名にしおう巴御前どの。美貌(びぼう)、作法、気迫……義盛が熱を上げるのもむりはないのう」

老女は忍び笑いをもらした。侍女のひとりに目くばせをする。侍女は高さ一尺ほどの木箱を、巴の膝元へ置いた。

「開けてごらんなされ」

巴は蓋を開けた。出てきたのは木彫りの阿弥陀如来像である。

「これは……」

「義盛が彫らせたものじゃ。願いが叶わなんだは悲しきことなれど、苦界の世を離れて、御子は今ごろ如来さまに抱かれておられよう」

日々の供養のよすがにするようにと、義盛から託されたものだという。

「義盛どのが、わらわに……」

「母がいうのもなんだが、義盛は情のある男じゃ。百戦錬磨の猛将ばかりが勇者のごとく崇められるが、大切なものを守るが真の勇者……そうはおもわぬか」

和田は、巴の助命を嘆願するため、頼朝の屋敷へ出かけているという。頼朝の逆鱗にふれれば命を落とすことにもなりかねない。それを承知で出かけてゆく和田も和田なら、引き止めもせず悠然と構えている母も母……。

「わらわの助命に……」

「死ぬる覚悟があるなら、生きることもできよう」

老女はおもむろに両手をついた。

「わが家は男児が育たぬ。義盛の妻は病にて亡うなった。なんとしても強い男児が欲しい。というても、戦で手柄を立てるためではない。真の勇者に育てたいのじゃ。巴御前の御子なればこの希み、叶うはず。このとおり、義盛の妻となって男児を産んでたもれ」

老女の言葉には切実なおもいがこもっている。

おもいもよらぬ話にただ茫然として、巴は老女を見返した。

六

大津・義仲寺　元禄三年（一六九〇）

逝きおくれた法師蟬が鳴いている。

山腹にある幻住庵で聞いた蟬しぐれとちがって、無名庵の庭木から聞こえる声はひとつ。そのせいか、けたたましく鳴きたてれば鳴きたてるほど哀れが身にしみる。

「ご精が出やはりますなぁ」

智は芭蕉の手元をのぞきこんだ。

去る七月二十三日、芭蕉は国分山を下りて義仲寺へ帰ってきた。涼しく快適な山荘幕らしも秋風が立つまで。持病の痔疾にも悩まされて、歩けなくなる前に里へ下りることにしたのである。

義仲寺なら智の家からいくらもかからない。衣食をとどけることができるし、参拝がてら毎日でも顔を見られる。

この日も、智は境内にある巴塚に詣でたあと、庵を訪れたところだった。

芭蕉は筆を動かす手を休め、智に目をむけた。憐れみを乞うようなまなざしは、幻住庵での逢瀬以来、芭蕉が智だけに見せるようになったもので、甘えと茶目っ気がないまぜになっている。

「俳諧はむろんにござるが、俳文もなかなかにむずかしゅうござる。贅肉を落とし、これぞという語句を見つけるのは、わが身をすりへらすようなものにて……」

その言葉どおり、智の目には、幻住庵から帰った芭蕉がひとまわり小さくなったように見えた。おどけてひん曲げた口元に深いしわがよって、躍る眸とは裏腹に眼窩が痛々しいほどくぼんでいる。

幻住庵は、そこに住みはじめたばかりのころに罹ったひどい風邪や不如意な暮らしよりむしろ、白昼夢を見せることで若き日の胸のざわめきをおもいださせて、晩節にさしかかった男ののこり少ない生気を奪いとってしまったのかもしれない。

「幻住庵のこと、書いてはるんどすか」

智は頰を赤らめた。芭蕉に抱かれたときの感覚をおもいだしている。

「書かずばなりますまい。これだけは、なんとしても」

芭蕉の目に一瞬、強い光がよぎった。その光をうけとめて、

「へえ。書いてもらわな、なりまへん」

智もきっぱりと応えた。

幻住庵で紡いだ夢こそが二人の――そう、二人でなければ分かち合えない真実なのだから。

芭蕉はこのところ幻住庵記の執筆にとりくんでいた。すでにひととおり書き終えているようだが、なおも推敲に推敲を重ねている。わずか十七文字に命をかける俳諧師ならではの研ぎ澄まされた俳文が、ほどなく完成するにちがいない。

智はときおりふしぎにおもうことがあった。一字一句にとことんこだわり、倦まず弛まず推敲にはげむ芭蕉が、自分の身のまわりのことになるとどうしてこんなに無頓着になってしまうのか……と。

「洗い物、ここへ置いときますえ。それからこれは金沢の珍味やそうどす。又七から鮴の煮物、託されました。酒樽もあとでとどけさせる、いうてましたえ」

又七はようやく金沢から帰ってきた。智が芭蕉にたのんで書いてもらった苦言の文が功を奏したようだ。

「それはありがたい」

芭蕉は笑顔になった。

「月見の俳席も近うござる。皆でいただくとしましょう」

「月見のお仕度ならうちでさせていただきます。ご心配には及びまへん。みんな楽しみにしてまっさかい」

「近江はまっことよきところにござるの。ここぞ郷里、という心地がいたします」

「郷里とおもうていただけるとはうれしゅおす。芭蕉はんも聞いてはりまっしゃろ、この庵を建てなおす話も本決まりになりましたえ」

近江には芭蕉の門人が大勢いる。敬愛する宗匠に少しでも長くこの地に留まってもらいたいと、だれもが願っていた。芭蕉が逗留する義仲寺内にある無名庵は傷みがひどく、ことに冬は隙間風に難儀する。ここ数年、寺の修復が少しずつ行われているので、今度はぜひとも無名庵を……と門人の正秀が先頭だってはたらきかけ、いよいよ建て替えが叶うことになった。

芭蕉はうれしそうにうなずいた。が、すぐに眉をひそめる。

「こまったことになりました」

智は首をかしげた。

「こまった、て、どうしてどすか」

「いやいや、こちらのこと」

「ごまかさんといておくれやす。庵を建て替えたらこまらはる、いうことどすか」

芭蕉は苦笑する。

「そうではありません。こまるというのは、これ以上、居心地がようなってしまったらこまる、ということです」

「なんでどすか。居心地がええのんやったら、もうどこへもゆかんと、ずっとここにいやはったらええやおまへんか」

「そうはいきません。通俗な点取俳諧師ならいざ知らず、この芭蕉は旅が住処（すみか）、旅に生き旅に死ぬ――つまり、野に行き倒れて髑髏（どくろ）となる野ざらしが覚悟にござる。ひとつところでぬくぬくと暮らしては、俳諧は究められません」

　むろんそれは、これまでに何度となく聞かされた言葉だった。智も承知している。それでもやはり、いわずにはいられなかった。

「病に罹ったら、どないしやはりますのや。歩けんようになったら」

「それは……そのときいるところが終（つい）の棲家（すみか）となります」

「それやったら、ここへ帰ってきはったらええわ。迎えにゆきます。又七を迎えにやります。どこにいたかてお連れします」

　ついムキになっていたようだ。芭蕉は目元をなごませた。

「そのときは、そうしていただきましょう」

　軽くいなして話題を変える。

「もう少しで幻住庵記が仕上がります。智月（ちげつ）さんには真っ先に読んでいただかねばなりません。なんというても命の恩人ゆえ」

「芭蕉はんの病を治したんは、うちではのうて、あの泉の水や、山の気や、八幡さんの阿弥陀如来はんや。幻住庵のおかげどす」

それでも、うれしゅおす、と智も笑みを返した。芭蕉が旅の俳諧師であることは、今は考えるまい。いっしょにいられるこのひとときを大切にしなければ……と、己が心にいい聞かせる。

月見の俳席のことなど語り合って、智は腰を上げた。

「ほな、みなさんにもお知らせしときます」

名残惜しいが、そうそう長居はできない。

芭蕉はんといると、どうしてこないに速う刻がすぎてまうのやろ——。

ため息をついて、智はわが家へ帰って行った。

京・嵯峨野　承応三年（一六五四）

今しがたまで白く冴えた面を見せていた月が、いつしか薄雲におおわれている。そこにあることがわかっていながら月を見ることのできないもどかしさは、今の自分の心のようだと智は唇を嚙みしめた。

十五夜の月――。

御所へ上がって以来、長局(ながつぼね)の榑縁(くれえん)で、女たちといっしょに月見をしてきた。この日のために誂(あつら)えた装束を見せ合ったり、この夜ばかりは帝(みかど)もいやなお顔はなさるまいと源氏物語をまねて和歌を詠んだりと、気のおけない、にぎやかな宴(うたげ)だった。

まさか、ひとりで月をながめることになろうとは……。

ここは嵯峨野にある縁者の山荘で、御所から生家へもどされて間もなく移ってきた。――懐妊したことはだれにも知られてはならぬ。

後光明(ごこうみょう)天皇がことのほか案じておられるという。すべては帝の意をうけた勾当内侍(こうとうのないし)のはからいだった。

萱葺(かやぶ)き屋根の山荘には、身のまわりの世話をする小女(こおんな)と老僕、それに内侍が送りこんできた護衛の郎党がいる。が、まわりに人家はなく、もとより訪れる者もいなかった。蟬しぐれの季節がすぎれば虫の声、あとは多種多様な鳥の声を聞き分けてつれづれのなぐさみにするしかない侘(わ)び住まいである。

「あんたはどないになるんやろなぁ」

智はふくらんだ腹をなでた。

打掛(うちかけ)を着ていれば隠せるものの、裸になれば隠しようがない。湯浴(ゆあ)みのときなど、智はおどろきと感慨のこもった目で丸みをおびた腹をながめた。肌が張りつめているせいで白桃のように艶やかな腹である。

ここに息づく命は、なんと、帝の御子なのだ。

それは、誇らしいと同時に不安をかき立てられる事実でもあった。帝は今、微妙な立場に立たされている。ややこが女児ならよいが、もし男児なら、公にすることさえできるかどうか。

智は月へ視線をもどした。

雲間からあえかな光がもれている。帝の寝所に置かれていた行灯をおもいださせる光だ。帝に抱かれたとき、まぶたの裏に流れた光のようでもあった。

もう一度、帝に抱かれる日がこようか。

その前に、帝は息災でおられようか。

智には、気になっていることがあった。

数日前、知人の使いが訪ねてきた。知人とは帝から預かった丸薬をさる医者にとどけてくれた女で、女も女の使いも信頼のおける人間であることはまちがいない。

智は使いの言葉にしばし絶句した。

――そは、まことか。

ようやく訊き返したときは悪寒がしていた。

――まことにございます。少々おもいあたることがあり、長崎に問い合わせておりますうちに、影も形も失せてしまったそうにて……。

——盗まれたと？

——ほかには考えられません。

——大切なものゆえ、人目にふれぬようにというたはずじゃ。

——だれにも知られぬよう、万全に保管をしていたそうにございます。まこと奇怪な話にて、お医者もただただ当惑しておられるそうにて……。

帝が毒ではないかと疑っていた薬は、京都所司代の板倉重宗よりとどけられたものだという。ということは、幕府方は、智が医者に薬をとどけたことをどこからか聞き及んで、医者のもとから盗みだしたのか。それとも、医者を脅し、無理やり取りあげて薬がなくなったことにさせた、ということも……。

帝は決死の覚悟で智に薬を託した。それなのに智は帝の御用を果たせなかった。申しわけなさに身がちぢむ。なにより帝の身が案じられた。薬が失せたこと自体が、毒薬だったという証ではないのか。

帝に伝えたいが、そのすべがない。御所の人間を介するのは危険である。といって、文はなおのこと危うい。直接会って話をするしかないが、それが叶うとすれば、ややこを産んだのちになるだろう。

どうか、くれぐれも、ご油断を召されませぬように——。

祈ることはただひとつ。

雲が晴れて月がふたたび面を見せるのを、智はひたすら待ちわびた。

大津・義仲寺　元禄三年（一六九〇）

待つまでもない。雲ひとつない空に、十五夜の月が皓々と照り映えている。

無名庵には、近江に住む芭蕉門下の俳人が十人以上、集まっていた。尚白や洒堂をはじめ、膳所在住の及肩や昌房、探志や正秀など、商人、医師、僧侶、武士と多彩な顔ぶれである。むろん、乙州こと又七や智もいた。濡れ縁に群れ集う人々のにぎやかなことといったら……。

「そないにぎょうさん座らはっては縁が抜けてまいますえ。ああっと、そこはあきまへん。尚白はん、避けとくれやす。宗匠はんが月、見えまへんよって……」

酒や肴の仕度から一同の世話まで、智は席の温まるひまもない。佳江と二人で大わらわである。

無名庵は古びているので、いつ濡れ縁が陥落するか。といっても、智が濡れ縁に出ていた人々に脇へ退いてもらったのは、芭蕉のためだった。

芭蕉は昨日から痔疾が悪化して床に伏せっている。とりやめたらどうかと智は気づかったが、頑として首を縦にふらなかった。

――近江で今宵見る月は生涯にいっぺんこっきり、逃すわけにはいきません。

痛みを隠そうとする芭蕉を強引に寝かせはしたものの、

――臥待月にはあらぬだに、満月を寝て待つ翁の無粋さよ。

などとおどけるので、だれも病とはおもわず、芭蕉ならではの趣向とおもっているらしい。

即興の俳諧を披瀝し合ったあとは、酒を酌みかわしたり俳談に興じたり。そんななか、智はひとり、芭蕉の容態を案じている。

芭蕉は、にぎわいに気がまぎれたせいか、だいぶ顔色がよくなっていた。今は床の上に座して洒堂や正秀と談笑している。

智は庵を出て、境内をそぞろ歩いた。

これまでも何度となく十五夜の月をながめた。今宵のような晴天もあれば、雨天や曇天で見えない年もあった。が、なんといっても印象深いのは、嵯峨野でながめた雲隠れの月だ。

あのときは又七を身ごもっていた。帝の身を案じて、まんじりともできなかった。旅に明け暮れる芭蕉とはちがった意味で、帝もまた、智にとっては月光のようにつかもうとしてもつかめない人だった。

　月みれば千々(ちぢ)にものこそ悲しけれ
　　わが身ひとつの秋にはあらねど

おもわず口ずさんでいる。

この歌を詠んだ大江千里(おおえのちさと)は美男で名を馳(は)せた在原業平(ありわらのなりひら)の甥(おい)だというが、月を見て「千々に悲しい」とは、いかなる悩みを抱えていたのだろう。遠い日、自分も雲隠れの月に不吉なおもいを重ねたことが、昨日のことのようにおもいだされる。

「なんや、こないなとこにいやはったんか。お母はん、宗匠はんが呼んではりますえ」

又七の声がした。

不意を突かれて、智は棒立ちになる。

「どないしはったんや。幽霊でも見たような顔して」

たった今、お母はんと呼んだ又七は、表向きは智の弟、実際は智と帝の子である。むろん当人は、智の実子であることは知っていても、帝の落胤(らくいん)だとは知る由もない。

「びっくりもしますがな。いきなり声かけられて」

「お母はんがぼんやりしてはるからや」

「宗匠はんがお呼びやとか……」

「お母はんがおらな、宗匠はんは日も夜も明けまへん」

「そんならええのやけど……あのお人はもう、次にどこ行こうかと考えてはりますえ」

母子は軽口をいい合いながら庵へもどる。

智を見るや、芭蕉は上機嫌で手招きをした。

「早う、こちらへござらっしゃい。むくつけき男子ばかりゆえ、月も浮かぬ顔をしてござるよ」


痔疾を患いながらも、芭蕉は精力的に俳諧にとりくんでいた。

体調のよいときは尚白や正秀の家へ出むき、そうでないときも無名庵を訪れた門弟たちと俳諧三昧、その合間には江戸や京・大坂の門人に文をしたためる。幻住庵記にしろ俳諧にしろ、幻住庵から帰った芭蕉は多弁になり精力的になって、なにかに没頭していなければ片時もいられぬようだった。

痔疾の痛みをまぎらわすためか、それとも――。

智に甘え、身のまわりの世話をたのんでくる反面、二人きりになることを避けているようにも見える。

九月十三日、芭蕉は後の月見に堅田の本福寺へおもむいた。本福寺の住職は千那、尚白と並ぶ近江では最古参の門人である。そもそも智や又七をはじめとする近江の蕉門は、尚白や千那の弟子だった。

智はこのところ、芭蕉と尚白が激論を戦わせる場面をしばしば目にしていた。もちろん会すれば親しく歌仙を巻き、俳談に興じる。それでもどことなく冷めた空気を感じるのは、智の考えすぎか。

ひとつところに長居をしない──。

芭蕉が漂泊の俳諧師であることを貫こうとしているのは、もしかしたら、人と人との心に隙間ができ、秋風が吹くのを恐れているからかもしれない。芭蕉は──芭蕉の本質は──人一倍、寂しがりで気弱なのではないか。

それはきっと、心がまだ脆（もろ）く柔軟だったころに、胸が引き裂かれるほどの悲惨な別れを経験したことがあるからではないか。だから二度と苦しむことがないよう、妻子も持たず家も持たず、一切のしがらみを断ち切って、人の情に溺（おぼ）れそうになる自分を戒めているのだろう。

もしそうならわかる、と智はおもった。つき合いが浅かったころは、近江人になってほしいという智の言葉を笑ってうけながした芭蕉である。ところが今は顔をそむけ、あわてて話を逸（そ）らせてしまう。自分の弱さを知り尽くしているからこそ孤高を貫こうとする、これも芭蕉ならではの生き方ではないか。

そんなことを考えているうちに、早くも九月下旬になっていた。

「宗匠はんはひどい風邪をひいて、寝込んではったそうどす」

芭蕉はまだ堅田にいるはずだ。又七から知らされて、智は眉をひそめた。幻住庵で風邪をひいたときの苦しげな様子が目に浮かぶ。

「千那はんがついてはって、なんでそないなことに……」

看病に飛んでいきたかった。が、又七によると、もう快方にむかっているとのことだった。

「お母はんが堅田まで看病にゆくのはやりすぎどす。他人の目かてあるのやし……」

「こないな婆さん、だれも気にしまへん」

「お母はんは、婆さんやおへん。年齢なんかないみたいや。ほんまお母はんは……」

「お母はんは、なんやの？」

「いや。ただ……ただ謎だらけや、おもうて……」

智ははっとした。又七はまだ出自にこだわっているのか。いっそ帝の落胤だと打ち明けてしまえたらどんなに楽か。けれど決して口外しない、秘密は墓場まで持ってゆくと、智はかたく誓っている。

「で、宗匠はんはいつ帰らはるのやて？」

話題を変えた。

「一両日中には帰らはるそうどす。というても、じっとしてはおられんそうや。今月中には郷里へ帰らはるさかい、その前に上京して、所用をすませんならんのやて」

「そんなん無茶やわ。お風邪ひいてはったんやろ」

「いいだしたら聞かんお人どす」

「ほんまにこまったお人やねえ。もう若うないのに、いつまで旅寝をしやはるおつもりか……」

「正秀はんの話やと、来月には庵の建て替えをはじめるそうどす。新しい庵ができたら、宗匠はんも腰を落ち着けはるやろ。旅寝はやめや、いわはるかもしれまへん」

「さぁ、どうだか……」

智は、又七のようにはおもえなかった。なぜなら芭蕉という人の複雑な心のうちを、少なくとも又七よりは知っているからだ。とはいえ、木の香や青畳の清々しい無名庵に帰ってくる芭蕉の姿を想像すれば、それだけで胸が躍る。

「それはそうと、夜具やら家財道具やら、庵にも新しいもん、そろえんとあきまへん」

「こっちも新築やし、正秀はんと相談して、あんじょう手配しときます」

智の家は完成に近づいていた。建物は仕上がり、今は内装の最中だ。又七が金沢で調達した調度品もそろそろとどくころである。

「庵の話はともあれ、宗匠はん、明日あさってにも堅田から帰らはるんやろ。暖かい着物と滋養のつく食べ物、ご用意しときまひょ」

「となれば、酒もとどけたほうがええな」

今や芭蕉にとって近江の身内ともいえる母子は、いそいそと仕度をはじめた。

京・嵯峨野　承応三年（一六五四）

後光明天皇の訃報が智のもとへとどいたのは、九月二十三日の午少し前だった。

智ははじめ、使者の話が理解できなかった。頭のなかが真っ白になって、なにをどう考えてよいか、それすらわからなくなってしまったからだ。

「今、なんと……」

訊き返した声がふるえている。

「もういっぺん、いうて、おくれ」

「帝が崩御された、と申し上げました」

「なにゆえじゃ」

「疱瘡とうかごうておりますが、なにぶん急なことゆえ……」

智は両手をにぎりしめた。

「疱瘡なものか。くわしいご病状は？」

「わかりかねます」

「内侍さまにぜひともお会いしたいと……」

「お伝えいたしますが、内侍さまも今はお取り込み中にて……。ご上臈さまにはお心をお強うもたれ、まずは御自らのお体をおいといくださるようにとの仰せにございます」

使者は帰って行った。

智は色づきはじめた庭をながめた。ながめてはいるが実際には見ていない。ただ、灰色の庭に暗い影がぼうぼうと重なり合っているように見える。

「帝が……崩御……された」

かすれた声でつぶやいたとき、色のない庭に火の手があがったようにおもえた。紅蓮の炎は一瞬で消えたものの、智は目をみはり、息をあえがせる。

毒――。

そう、毒殺にちがいない。証拠はないが、智は確信していた。

ああ、なぜもっと早く知らせなかったのか。医者に預けた薬が失せたことを、なんとしても帝に知らせるべきだった。

とはいえ、産み月を間近にひかえて大きな腹を抱えた身では、御所へもどるわけにはいかない。もどったところで目どおりが叶ったかどうか。伝言も文も危ういとなれば、ほかにどんな方法があったというのだろう。

帝も用心していたはずだ。智の知らせを待つまでもなく、薬に毒が入っているのではないかと疑っていたのだから。ならば、どうしてこんなことに……。

つまりは、帝より幕府方のほうが上手だった、ということだ。帝は敗れた。幕府に反抗しつづけたがために、あたら二十二歳の命を散らせてしまった。

驚愕がすぎ、放心がすぎ、怒りがすぎると、悔しさと悲しみがいちどきに押しよせた。涙がかれるまで泣きつづけたのは、悲嘆のせいばかりではなく、やりばのない無念をほかにぶつけるすべがなかったからだ。

食欲は失せた。水さえ喉を通らなかった。

そんな智にもう一度、生きる勇気を与えてくれたのは、しきりに腹を蹴るようになったややこである。

「この子だけは、帝の御子だけは、うちの命と引き替えても守らんならん」

智はよみがえった。

半日ほどして、勾当内侍がお忍びでやってきた。こればかりは他人まかせにはできぬとおもったのだろう。帝の急死に宮中の人々が右往左往しているなか、あわただしく駆けつけたのだ。

内侍によると、帝は泉涌寺に埋葬されたという。

「帝のご葬儀にしてはあまりにも早うはありませぬか。まるで、あらかじめ……」

内侍は智に最後までいわせなかった。

「おやめなされ。今さらいうても詮なきことじゃ」

「内侍さま……」

「あれこれいう者もおるが、憶測は憶測」

「なれど帝は……」

「なにもいうてはならぬ。それがややこのため、とおもいなされ」

「この子はどうなるのでしょう？」

「心配は無用。そなたはいわれたとおりにすればよい。ただし……」

帝のことは口にしてはならぬ、と内侍は智に約束をさせた。帝の情けをうけて子を宿したことは、なかったこと——つまり幻である。死ぬまで口外無用。

「ややこにも？」

「むろん、ややこにもいうてはならぬ」

「大きゅうなって訊かれたらなんと……」

「わらわにまかせよというたはず」

生まれてくるややこが生き延びる道はそれしかないと諭されれば、うなずくしかなかった。

内侍が帰ると、入れかわりに実家から母がやってきた。父の後妻で、智には継母にあたる人である。継娘(ままむすめ)のお産の介添えにきたのかとおもったが、それだけではなかった。

智は無事に男児を出産した。乳をやろうとした智の腕から、乳母(うば)がややこを抱きとった。継母があらかじめ雇っていた乳母である。

「ややこは弟とお心得なされ」

継母は有無をいわせぬ口調でいった。

「弟……」

「わたくしの子にします。御所の命に逆ろうてはなりませぬ」

すでに策はめぐらされていた。

智はひと足先に実家へ帰された。そこで待っていたのは縁談だった。嫁ぎ先は京ではなく大津(おおつ)。夫となる人は、大津宿(しゅく)で五本の指に入る豪商で、人馬(じんば)継問屋(つぎといや)を営んでいる。先妻を亡くし、智より十以上年長だったが、もとより智にはどうでもよいことだった。

うちは帝といっしょに死んでもうたんや――。

大津へむかう道中、婚礼の輿の簾の隙間から、智は能面のような表情で流れる景色を見つめていた。

鎌倉　元暦元年（一一八四）

わらわはお館さまと共に死んだ。この体は骸同然――。

巴は、何度も自分の心にいい聞かせた。でなければ、どうして敵の武将に抱かれることなどできようか。

戦に敗れれば、男は首を刎ねられ、女は敵のなぐさみものになる。古からの倣いであり、戦場の約束事だ。それがいやなら、女も自害するしかない。

いつかそんな日がきたら、そうしようとおもっていた。実際、舌を嚙み切ることだってできたのだ。鎌倉に乗りこんだときも、おめおめと生き延びるつもりはこれっぽっちもなかった。

では、なぜ、和田義盛に抱かれているのか。

自分でもわからない。

和田の老母から言葉巧みにくどかれた。真の勇者を産んでくれといわれた。心を動かされたのはたしかだが、そのせいかと問われれば、それだけではないような気がする。

「あ、あ、あぁ……」

巴は何度目かの声をもらした。和田義盛は武骨な手で巴の両手をつかむ。巴は無意識に指の一本一本を男の指のあいだにさしこみ、きつくからめた。義盛の息づかいも荒くなる。

義仲と体を合わせたときは、いつも巴が教え導く役だった。幼いころから姉弟（きょうだい）のように育てられ、武術の師でもあった巴が、自らの体をもって女の扱い方を教えるのは当然のなりゆきだった。めきめきと上達したとはいえ、巴との交わりに関するかぎり、義仲は最後まで従順だった。

ところが義盛はちがった。敵将の女をなんとしても征服したいとおもうのか、全身全霊で挑みかかってくる。巴ははじめ、したいようにさせておこうと腹をくくり、されるがままになっていた。が、すぐにそれは不可能だと悟った。義盛の熱気が乗り移ったか、自分まで無我夢中になっている。

もしだれか、二人がからみ合う姿を見た者がいたら、その烈しさにおどろき、戦場での一騎打ちになぞらえたかもしれない。けれどむろん、いかに荒々しく見えようと、当人たちのあいだにはいたわりと共感があった。

「おれはおまえを守る。二度と辛い目にはあわせぬ」

義盛がいえば、巴も応える。

「わらわはややこを産んでみせまする」

契り合ったあと、巴は義盛の分厚い胸に頬を寄せ、鼓動に耳を澄ませた。そうしながら、空っぽだとばかりおもっていた体の奥から、どくどくと熱い血が湧き上がってくるのを感じていた。

大津宿　元禄三年（一六九〇）

無名庵が取りこわされた。

すぐにも新しい庵の普請がはじまるはずだったが、資材の調達に手間どっているうちに雪が降りはじめ、普請は来春に日延べされた。伊賀上野に帰郷している芭蕉も、これでは大津へもどれない。

「なにも庵やのうてもええやおまへんか。うちかて新築して広うなったのやし」

「そうやなぁ。新しい家、宗匠はんにも見せとおすなぁ」

智と又七母子は、芭蕉を一日も早く大津へ呼びもどすべく知恵をしぼっていた。

「ちょうどええさかい、新居の披露を兼ねて俳席もうけたらどうやろ」

　智の家は家具調度も入って、すでに完成している。

「あんたは宗匠はんに、江戸のこと、教えてもろたらええ」

　芭蕉を送りだしてまだふた月にもならないが、智はもう芭蕉が恋しかった。新居へ招いたら少しでも長く滞在してもらいたい。

「そうやわ。あんたの出立までいてもらいまひょ。俳席は送別を兼ねる、いうことで」

「江戸のことやけど、ほんまにええんか。お母はん、大丈夫どすか」

「金沢行ったきり帰らんかったもんが、よういうてはる」

「あれは……いろいろと事情があって……」

　年が明けたら又七は江戸へ遊学することになっていた。遊学といっても、又七が学ぶのは商いだ。公家(くげ)育ちの貴公子に見聞をひろめさせ、人馬継問屋の主人としての知識と自覚をもたせようという、かねての計画だ。

　今年は新居を建てた。今ならまだ智もひとりで店を切り盛りできる。この機会を逃さぬようにと勧めたのは、ほかならぬ智だった。

　金沢での又七の遊蕩(ゆうとう)に頭を悩ませたこともあって、智は自分の目の黒いうちに又七を一人前にしておかなければと焦っていた。でなければ、自分の過去を承知で妻に娶(めと)り、愛(いつく)しんで添い遂げてくれた夫に申しわけがたたない。又七が弟ではなく実子であるだけに、この気持ちは強かった。河合屋は亡夫が先祖から引き継いで守ってきた店だ。又七の代で傾くようなことだけは、あってはならない。

又七の江戸下向は正月上旬と決めていた。

「ええな。宗匠はんに文、書くさかい、あんたもみんなに知らせてや」

又七の送別の俳席なら、芭蕉は必ずきてくれるはずである。その前に、新居でいっしょに正月をすごすのはどうだろう。いや、どうせなら、ここで年越しをすればよい。

智の心は浮き立っている。

又七とそんな話をして芭蕉に文を送ったあと、智は雪駄を履いて家を出た。

芭蕉が郷里へ帰ってしまったので、義仲寺から足が遠のいている。無名庵の取りこわしがはじまったこともあった。男たちが作業にはげんでいるかたわらで、巴塚や木曾塚に詣でる気にはならない。

ところが芭蕉に文を書いたせいか、この日はどうしても参詣がしたくなった。おもえば、ひと月以上も参詣をしないのは、これまでにないことだった。

巴御前はん、堪忍しとくれやす――。

胸のうちで詫びながら寺門をくぐる。

空はどんよりと曇っていた。参道につもった雪はあらかた脇へかきよせられているが、木々の枝にも地面にも雪がつもり、池には氷が張っている。

数歩いったところで、智は立ち止まった。大きく息をつく。

無名庵が取りこわされたことは、すでに知っている。それでも、あるべきところにあるべきものがないことに、しばらく茫然とした。夏には草が生え、冬は積雪に庇が傾く萱葺き屋根、今しも板が割れそうな濡れ縁、煮染めたような柱、元の色がわからなくなった畳……朽ちかけた庵ではあったが、そこに芭蕉の姿があるだけで、なぜか居心地のよさそうな草庵に見えたものだ。白昼夢を見たのは幻住庵だが、無名庵は、今や真の幻になってしまった。

智は目を瞬いた。庵があった地面の雪がことさら白く見えるのは、芭蕉との思い出が俗世とはかけはなれたものだからだろうか。

胸をつまらせながら巴塚に歩みよる。自然石の巴塚は角の丸い三角形をしているので、頭にわずかな雪をかぶっているだけだった。指で雪を払い落として、膝を折って手を合わせる。

つづいてその奥にある木曾塚に詣でた。義仲の墓は宝塔である。こちらも雪をかぶっている。雪の量が多いので払うのはやめ、正面にしゃがみこんだとき、塚の前になにか落ちているのが見えた。柘植の櫛らしい。

手にとってみると、女物の櫛だった。よほど古いものなのか、歯がいくつか欠けて鼈甲色になっている。それでも彫られている模様はかろうじて見分けることができた。笹の葉の上に小さな花が三つ――。

首をかしげながらふところへしまう。

合掌をすませたあと、智は寺の留守居の住む家へいってみた。本堂の裏手にあるこの家も修築をすませたばかりで、木の香が清々しい。

訪いを入れると、顔見知りの妻女が出てきた。

「木曾塚の前にこれが落ちてましたんやけど……」

櫛を見せる。妻女はいぶかしげな目になった。

「あれ、気づきまへんどした。尼はんのやなかったら、どなたはんのもんどっしゃろ」

「うちはたった今、詣でたとこどす」

「せやけど、このところ何度かお見かけしましたえ」

「何度かて……いつのことどすか」

「せやから、庵がこわされたあと」

今度は智がけげんな顔になる。

「うちはいっぺんもきてしまへんけど……」

「いいえ、たしかに尼はんどしたえ。熱心に祈ってはったさかい、お声はかけまへんどした」

智はおもいだしていた。いつだったか、妻女から、木曾塚の前で尼姿の女が一心不乱に祈っていたと聞かされた。自分ではないというと、あのときも妻女は首をかしげたものだった。

「妙やなぁ。尼はんでないとすると、あれはどなたはんやったんか……」

妻女は狐につままれたような顔である。

「きっと、巴御前はんどす」

智が真顔でいうと、妻女はころころと笑った。

「いややわぁ、冗談いわんといてや」

智はもうなにもいわず、挨拶をしてきびすを返した。これ以上、話をしてもどうにもならないとおもったからである。

櫛をにぎりしめていることに気づいたのは、帰路も半ばをすぎてからだった。

智は櫛を、そのまま家へ持ち帰った。

七

大津宿　元禄四年（一六九一）

建て替えたばかりの新居で、智は新年を迎えた。しかも芭蕉といっしょに年が越せるとは、なんという幸せか。

芭蕉は三月ほど郷里の伊賀上野に滞在していたが、年末ぎりぎりに大津へもどってきた。定宿としている義仲寺の無名庵が改築のために取りこわされてしまったので、人馬継問屋を営む智と又七母子のもとで年末年始をすごすことになったのである。

年甲斐もなく胸をはずませる一方で、智には気がかりもあった。持病の痔疾が悪化して、芭蕉は顔色が冴えない。

「おかげんはどうどすか」

「どうもこうも……。ま、入らっしゃれ」

元旦、様子を見に行くと、元気のない声が返ってきた。

智は襖を開けて新年の挨拶を述べる。

芭蕉は床に半身を起こしていた。帳面を手にしているのは、新年早々、俳諧を詠もうというのか。賀詞を交わしたところで、芭蕉は深々と嘆息した。

「寒さのせいか年々ひどうなる。新春からこれでは、いやはや、先がおもいやられます」

「旅のお疲れがたまってはったんどす。休めばようならはりますえ」

「いや、歳のせいにござるよ」

「芭蕉はんはうちよりお若おす。そないな弱気、いわんといておくれやす。あれ、俳諧、もうつくってはるんどすか」

見せとくれやす、と、智は膝をよせて帳面をのぞきこんだ。

「人に家を買はせて我は年忘れ……いやぁ、おもしろおすなぁ。芭蕉はんでのうてはつくれまへん。軽味のなかに恬淡としたお人柄がにじんではる。これは大晦日につくらはったんどすか」

「さよう。今朝はまだ帳面をにらんでおるばかりにて……。一年の計は元旦にあり。俳諧もはじめが肝心、そうおもうと肩に力が入って軽味とはいきません」

芭蕉は推敲に推敲を重ねて俳諧を生みだす。今年も紙の上で真剣勝負をしようと心意気を新たにしているのだろう。

「お祝いの御膳、どないしまひょか。こちらへお持ちしまひょか」

「いやいや、皆々さまとごいっしょに。手厚うもてなしていただいて恐悦至極。賀詞を述べんことには年が明けません」

「ほんなら、どうぞ」

智は襖のむこうから袷と帯を引きよせた。

「これは……」

「お正月くらい、新しいもん、着てもらわんと。そないおもうて縫いましたんや」

「おう、智月さんが手ずから縫うてくださったか。これはかたじけない」

芭蕉は笑顔になった。宗匠の顔でも男の顔でもなく、弟のような顔である。

「それでは姉さまに手伝うていただき、馬子にも衣装、とシャレますかな」

智は手をそえて芭蕉を立たせ、着替えの介添えをした。

芭蕉は、はじめて出会ったころに比べると、ひとまわり痩せたようだった。幻住庵へ行く前と後では、体つきばかりでなく顔の相まで変わってしまった。もちろん、ひどい風邪で死にかけたせいもあったが、そのせいばかりではないような……。

幻住庵――。

二人きりですごした日々、夢と現のはざまで戯れたひととき……。

波立つ胸を鎮めて、智は芭蕉の帯を結んだ。

「これでよしと。男前にならはりました」

「さればいざ、見せびらかしに参るといたそう」

二人は笑いながら表座敷へ出てゆく。

元旦だけは、家人も使用人も一堂に会して祝いの膳をいただくことになっていた。

「これはおどろいた、わしをお待ちくださったか」

ずらりと居並んだ人々を見て、芭蕉は照れくさそうに目を瞬く。

裃姿の又七が真っ先に両手をついた。

「宗匠はんは河合屋の賓客どす。お顔を拝見せな、皆も正月の気分がせえしまへん。ほんまに、ようおいでておくれやした」

さぁさぁと手招きされて、芭蕉は恐縮しながら上座へついた。朝一番に汲み上げた若水を煮立てて茶を点て、梅干と昆布を入れた大福茶が、又七から一人一人にふるまわれる。

厳かな、それでいて和やかな、正月の宴がはじまった。

智は芭蕉の体調を気づかいつつ、隣であれこれと世話をやく。尼の身がこの日はとりわけありがたかった。そうでなければ、あっという間にあらぬ噂が広まっていたにちがいない。

「お疲れにならはったんやおまへんか。どうぞ、休んでおくれやす」

宴が終わり、芭蕉を部屋へ送りとどけた智は、横になって休むよう勧めた。

「正月早々、厄介やなんて他人行儀な……」

「厄介をおかけいたす。ま、さすればしばし……」

いったところで、智は頰を赤らめた。芭蕉と自分は他人である。それなのに他人ではないようないいかたをしたのが恥ずかしい。

芭蕉は気にも留めなかった。

「なにもかも美味しゅうござった。なかでもあの鮑は絶品……いやいや、正月に餅が食える、酒が飲める、それだけでも極楽にござるよ。つい食べすぎてしもうたわ」

にこにこしながら腹をさすっている。

「ほな、御用がおましたら、遠慮のう、お声をかけておくれやす」

智は腰を浮かせた。

すると、芭蕉はおもむろに手を伸ばして、畳に置いた智の手をにぎった。一変、真顔になっている。

「幻住庵といい、この新居といい……居心地がよすぎる。十年若ければ、路傍の髑髏になる覚悟がゆらいでいたやもしれません」

「芭蕉、はん……」

「この身は俳諧と相対死にする覚悟、今さら浮気する余力はござらぬ。それが、どうにも悔しゅうてござるよ」

智が言葉を返す前に、芭蕉はついと手を退き目を閉じた。智は唇を嚙んで、頰のこけた男の顔を見つめる。

芭蕉は旅に生き、命を削って俳諧を生みだしている。迷いなく己の道を突き進んでいた。それは死ぬまで変わらないだろう。だからこそ、芭蕉なのだ。悔しいけれど、芭蕉が芭蕉であるから惚れこんだので、もし芭蕉が「俗人」だったら、こんな気持ちになったかどうか。

遠い昔、帝との恋に身を焦がした。帝は雲の上の人とわかっていながら心を奪われてしまった。自分のなかのなにが、苦しむと承知で、手のとどかぬものばかり追い求めようとするのか。

うちは欲張りやわ――。

襖を閉めながら、智は自嘲ともあきらめともつかない微笑を浮かべた。


六日年越がすぎて七草も終え、大津宿に活気がもどってきたころ、新居で俳席が催された。又七の江戸下向を見送る餞別の宴を兼ねている。

可愛い子には旅をさせろ。河合屋の主となったものの今ひとつ頼りない又七を江戸へ遊学をさせようというのは、智の考えだった。家業存続のためにも広く諸国の流通のありかたを知っておく必要がある。まずは江戸の同業者の現状を自分の目で見ておくこと。新居が完成し、智がまだ元気でいる今はその好機だ。

又七はこたびの旅を、俳諧修業にも役立てるつもりでいるようだ。江戸には、膳所（ぜぜ）藩士で芭蕉の門弟でもある曲水（きょくすい）がいる。江戸勤番中の曲水を通して蕉門の弟子たちと交流しようと、又七は楽しみにしていた。

「さてさて、さすればこのつづきは乙州（おとくに）に託そうではござらぬか」

乙州は又七の俳号である。

俳席がたけなわになったところで、芭蕉は提案した。大津でつくった二十句を又七が江戸へ持参して、江戸の門弟をあつめ、歌仙を完成させようというのだ。

この日は洒堂（しゃどう）、凡兆（ぼんちょう）、去来（きょらい）、正秀（まさひで）など八人が列席していた。

「そりゃ、ええなぁ」

「どないになるか、今から満尾（まんび）が楽しみやなぁ」

皆、大喜びである。大津と江戸で俳諧（はいかい）を詠みつないでゆくことは、芭蕉の門弟がひとつになるということだ。その記念すべき役目を又七が担うのである。

むろん智も八人のなかの一人だ。わが事のように晴れがましい。

「あんた、しっかりせなあきまへんえ。江戸で立派な歌仙、巻いてや」

智がいえば又七も、

「皆の俳諧、抱いて旅するんや。なんとしても無事、着かんとあきまへんなぁ」

誇らしげに頰を上気させている。

「心配は無用。乙州はここにいる皆のおもいのこもった俳諧を抱いて旅に出る。お守りを持ってゆくようなものにござるよ。智月さんも安心して待ってござらっしゃい」

弟とは表向き、又七が智の腹を痛めたわが子であることは芭蕉にも打ち明けている。智は、赤子だった又七を置いて大津へ嫁いできたことに、長年うしろめたさを感じてきた。そのためにぎくしゃくした時期もあった。だからこそ、又七が愛しくてならない。そのおもいを、芭蕉はだれよりもわかってくれているようだ。気丈に振る舞っていても、胸の奥で、智は又七の長旅に不安を抱いている。芭蕉はさりげなく励ましの言葉をかけてくれたのである。

ほんまにやさしいお人やわ──。

芭蕉の心づかいに、智は今さらながら涙ぐんでいた。

「そんなら宗匠はんのいわはるとおり、大船に乗った気で帰りを待ちまひょ。若い人は好きなことせなあきまへん、余力があるうちに……なぁ、そうどっしゃろ、宗匠はん」

智は芭蕉に、二人だけがわかる、おもいのこもったまなざしをむける。

俳席のあとはにぎやかな送別の宴になった。

昨年末から三が日、七草と、芭蕉はこの十日ほど骨休めをした。年賀に訪れた門弟たちと語らうか、そうでないときは智と、姉弟のように、夫婦のように、またあるときは恋人同士のように、たあいのない話に興じたり、俳諧を詠み合ったりしてすごした。

　そのせいだろう、血色がよい。痔疾の痛みも和らいでいるようだ。

この日、芭蕉は終始、上機嫌だった。酔眼に千鳥足で帰ってゆく門弟たちを、智や又七夫婦といっしょに門前へ出て見送る。

家へ入ろうとした智は、芭蕉に呼び止められた。

「明日もよい天気なら智月さん、共々に出かけようではござらぬか」

　唐突な誘いに、智は目をみはる。

「どこへ、出かけるんどすか」

「義仲寺にござるよ」

「義仲寺……せやけど、まだ雪が残ってますえ。だいいち無名庵かてあらしまへん」

　昨年の暮れに訪れたときは寂れた光景だった。芭蕉が目にしたら、哀しい思いをするのではないか。

　ところが芭蕉は意気軒昂だった。

「無名庵は無うても墓参はできます。義仲公も巴御前さんも首を長うして待っておられよう。伊賀へ帰る前に、ぜひとも詣でておかねばなりません」

又七が江戸へ旅立ったのちには、芭蕉も郷里へ帰ることになっている。年上の尼の家なら長逗留をしても妙な噂は立たないはずだが、そうはいっても、主の留守に長居をするのはやはり気が引けるのだろう。智のほうも、又七の留守中は商いに目を光らせなければならないので、これまでのように芭蕉の世話にばかりかまけるわけにもいかない。

となれば、こうしていられるのもあと数日――。

「そうやねえ。ほな、行きまひょ。うちも芭蕉はんと墓参、しとおす。ごいっしょさせとくれやす」

痔疾に寒さは大敵。そうと決まれば、綿入れは、雪駄は、頭巾は……と、まるで遠出をするような心地で、智はいそいそと仕度をはじめた。

大津・義仲寺　同年

翌日も雲ひとつない晴天だった。案じたほど寒くはないが、智は用心のため、芭蕉に綿入れ半纏を着せ、その上に自らつくった紙子仕立ての羽織をはおらせた。

「だるまになった心地にござるよ」

芭蕉はひょうげて見せる。

檀家のない義仲寺は、この日もひっそりしていた。とりわけ無名庵があった一画は、庵が取りこわされてしまったので蕭々としている。

智と芭蕉はまず木曾塚に香華をたむけた。

木曾塚はうっすらと雪の帽子をかぶっている。塚のうしろの無名庵があったところにも雪が残っていて、地面に黒と白のまだら模様を織りなしていた。

といっても暦の上では新春、そこここから草が生えだしている。

「朽ちかけた庵どしたけど、失うなってみると寂しおすなぁ」

智はあたりを見回して、ため息をついた。

芭蕉はふいにしゃがみこむ。塚のかたわらの雑草にふれた。

「人のつくったもんは朽ちる。が、命は朽ちぬ。草もまた、雪の下から生えてくる。命の営みに終わりはない、ということにござるよ」

「そうどすけど……この草は去年の草とはちごうてます。朽ちたらそれまで、死んだ者は死んだ者、よみがえりはしまへん」

「朽ちたらそれまで、と……」

「あたりまえやおまへんか。死んでもうたら、ふれることも、見ることもできしまへん。影もかたちも失うなってしまうのやもの」

芭蕉は雑草から木曾塚へ視線を移した。新春の陽光が墓石の上の残雪に艶めいた視線を送っている。雪は歓喜のあまりその身を潤ませ、今しも蕩けようとしていた。

芭蕉は眩しそうに目を細める。

「かたちあるものは、さよう、失うなる。が、なきものはさにあらず。ふれられもせず見えもしないものならば……」

「なにを仰せか、ようわかりまへんけど」

「わからずともようござる。ま、理屈では測れぬ、摩訶ふしぎなことも、ときにはあるものにござるよ」

芭蕉の言葉を聞いて、智はおもいだした。

「そうやわ、忘れてました。芭蕉はんにお見せするもんがあるんどす」

ふところからちりめんの袱紗包みを取りだす。

「はて、なんにござろう」

芭蕉は手渡された袱紗を手のひらの上で開いた。

「ほう、柘植の櫛……ずいぶんと旧いものにござるのう」

「へえ。色が変わって、歯も欠けてまっしゃろ。ちょっとやそっとの年季物やおへん」

「智月さんのお家に代々伝わる櫛、にございますかな」

「いいえ。年の瀬に参詣したとき、この塚の前で拾うたんどす」

「ほう、木曾塚で拾うた、と……」

さすがに芭蕉もおどろいたようだった。櫛をかざして、ためつすがめつながめている。

「たしかに、十年二十年前、といったものではなさそうだ。百年、いや、ひょっとすると二百年三百年……」

「それだけやおまへん。留守居のご妻女はんの話やと、尼はんが木曾塚に詣でておましたそうどす。それも、一度やのうて……」

妻女に二度も人ちがいされた話をすると、芭蕉は首をかしげた。

「遠目には尼さんは皆おなじように見えます。智月さんの他にも木曾塚に詣でる尼さんがいても、おかしゅうはござらぬが……」

「そうどすけど……うちはこれまでずっと詣でてました。嫁いでから何十年も。けど、尼はんに会うたことは一度もおまへん」

「ふむ。それはちと面妖な……」

芭蕉もけげんな顔になる。

「それで、智月さんは、その尼さんがこの櫛を落としたのではないかと……」

「へえ。それやったら、櫛が何百年も昔のものでもふしぎはおへん」

「というと……」

「ただの尼はんともおもえまへん。うちは、巴御前はんやないか、とおもうてます」

二人は目を合わせた。他のだれかがこの場にいてこの会話を耳にしたなら、おそらく二人の頭がおかしくなってしまったか、でなければ冗談をいい合っているとでもおもったにちがいない。が、二人は大真面目だった。

そもそも、はじめて智を見たとき、芭蕉は巴御前と勘ちがいをした。むろん、ここは木曾塚と巴塚のある義仲寺で、義仲におもいを馳(は)せていた芭蕉がふいに目にした尼姿の女を巴御前と勘ちがいをしたのは、不自然ではなかった。そうはいっても、智のたたずまいに巴御前を連想させるなにかがあったのもたしかだろう。

言葉を選びながら、智はつづけた。

「うちは……おかしな話どすけど……巴御前はんの御霊(みたま)がよみがえったんやないかとおもうてます。ご妻女はんが見はったのは御前はんの御霊で……ほんでこの櫛を落としていかはったんやないか……そないな気ぃがしてますのやけど」

十人のうち九人は笑いとばすにちがいない。芭蕉は笑わなかった。

「もしそうなら、御前さんは、われらがここで会うたゆえ……われらのおもいの強さに惹(ひ)かれてさまよい出たとも考えられます」

「おもいの、強さ……」

「さっき、かたちのないものの話をしました。見えずとも、ふれられずとも、そこにあるもの——それがおもい——御前さんをよみがえらせた、おもい、にござる」

今度は智もうなずいた。芭蕉のいわんとすることが、今はわかるような気がする。体は消滅しても、巴御前の義仲への強いおもいは消えない。なにかが呼び水となってよみがえる、ということも……。

芭蕉はおもむろに智の手を取って、その手のひらに櫛をのせた。

「通りすがりに木曾塚を詣(もう)でた尼さんが落とした櫛かもしれません。何代にもわたって伝わる祖先の形見か、市で見つけて買ったものか……。あるいは、智月さんがいわれたように、正真正銘、巴御前さんのものかもしれません。どちらともいえない。わかるはずもない。しかし……」

芭蕉は眸(め)を躍らせた。

「どちらか決めるのは、われらにござるよ」

智は櫛を袱紗で包んだ。

二人は巴塚の前に行くと、しゃがんで合掌をした。そのあと、芭蕉が小石で塚の脇に小さな穴を掘る。智は櫛を袱紗ごと穴の底に置いた。

二人で土をかけて平らに均(なら)す。

見ることもふれることもできなくなってもなお、二人は幻の櫛を見つめていた。

鎌倉　元暦二年（一一八五）

髪をくしけずる手を止めて、巴は眉をひそめた。

悪阻はすでに終わっているから、吐き気がするとか体がだるいとか、そういった問題ではない。

腹の子の父親である和田義盛は、昨秋、頼朝の弟の範頼率いる平家追討軍の軍奉行に任じられて出陣した。意気揚々と出かけてゆく義盛を見送ったとき巴の胸にあったのは、共に戦いたいというおもいだった。女である前に自分は戦士だとおもう。山陽道を通って九州へおもむくはずの軍勢が瀬戸内のあたりで立ち往生をしているらしいと聞いたときも、なんと歯がゆいことかとおもわず舌打ちをしたものである。

そんな巴だから、義盛の身を案じているわけではなかった。武将が戦うのは呼吸をするようなものだ。いちいち心配などしていられない。勝つも負けるも命運次第、戦場で死ぬなら本望と心得るべし。

最愛の義仲・義高父子の命を奪った頼朝方の武将に抱かれ、子までもうけたことについても、巴はすでに自分の心と折り合いをつけていた。

生まれてくる男児を勇猛な戦士に育てる――。

それこそ、自分がこの世にある証にちがいない。

義盛の母から「真の勇者を産んでくれ」とたのまれ、義盛からは「おまえを守る」と約された。頑なだった心が開いたとき、あふれんばかりの激情がこみ上げてきた。攻めるも守るもよい、愛するも憎むもよい、全身全霊でなにかに挑みたいという強いおもいである。

おもいが激しいだけに、巴には気にかかることがあった。

「あれ、御前さま、お髪なればわれらがお梳きいたします」

侍女の声がした。着替えの装束を掲げて、初が入ってきた。

「髪は自分で梳く。身の始末ができぬ者は戦場へも行かれぬ」

「されど、今はご懐妊中にございます。御前さまは当家の大切なご嫡子をお産みになられるお体にございますれば……」

「そのことよ」

巴は初の顔に鋭い視線をあてた。座るよう命じる。

「お館さまのご母堂さまは、わらわに男児を産んでくれと仰せられた。おまえも聞いておろう」

「はい。巴御前さまの御腹を痛めたお子なれば勇猛果敢まちがいなし、だれもがさようにおもうております」

それはよい。しかし……。

「ご母堂さまは、和田家には男児が育たぬと仰せられた。お館さまのご妻女は病死された、とも」

「さようにございます」

答えはしたものの、初は居心地のわるそうな表情になった。

「お館さまは度会家の姫君を娶られましたが、病にてご逝去されました。お子も相次いで早世され、お育ちあそばされたは姫さまがお一人きり」

「なれど先日、郎党どもが、お館さまの男子たちの噂をしていた。馬がどうの相撲がどうのと……」

「それは……それはご側室のお子たちにございましょう」

巴はきっと眉をつり上げた。

「側室がおるのか」

「はい。横山時重さまの姫君にて、横山家の屋敷にてお暮らしにございます」

「その女子に男児がおると……」

「お二人おられます。他に坊ちゃまは二人、姫さまが三人……」

巴は開きかけた口を閉じる。

義盛は齢三十九と聞いていた。となれば、正室、側室はもちろん、妾もいようし、子供もいてふしぎはない。義仲にも妾がいた。巴は義仲の閨へ好みの女を送りこんだばかりか、京では藤原家の娘を正室に迎える手筈までととのえてやったのである。

「なれば、ご母堂さまは……なにゆえお子たちのことを秘しておられたのじゃ」

「大方さまは横山時重さまを疎んじておられます。横山家の姫君のお産みになられたお子をご嫡子と認めとうないのでございます。それゆえ、御前さまのお子を心待ちにしておられるものと……」

ここでも、戦があったのだ。領土や地位をめぐる大戦ではないものの、家督をめぐる小競り合いなら、大半の家の奥で日々くり返されている。

「御前さま、お着替えを」

初にうながされて、巴は物おもいを中断した。腰を上げ、外出用の装束に着替える。

この日は頼朝の妻の政子に呼ばれていた。

願いどおりとはいかなかったものの、義高の助命に力を尽くしてくれた政子に、巴は恩を感じていた。その政子も、頼朝の側室や妾に悩まされていると聞いている。

政子が巴を呼んだのは、平家追討軍の状況を知らせるためだろう。そのついでに、巴の考えを聞こうとしているのかもしれない。こと戦に関しては、政子より、いや、そのへんの男子より、巴ははるかに先見の明を持っている。

「お仕度ができました。ただいま輿(こし)を……」

まだ目立たぬとはいえ、身重の体だ。よほどでなければ外出はできない。それ以前に、囚(とら)われ人だった敵将の妾は、いまだ頼朝に警戒され、自由を禁じられていた。外出するには許可が要(い)る。

廂(ひさし)の間まで輿が担ぎこまれた。

「お館さまの戦場での手柄と男児出産の祈願に、八幡宮(はちまんぐう)へ参拝したい。御方さまにお願いして参るゆえ、ご母堂さまにもたのんでおくれ」

侍女の一人に声をかけて、巴は輿へ乗りこむ。八幡宮へ詣でたら、帰路、横山家へ立ちよって義盛の子供たちを見分しようと巴は決めていた。

大津・義仲寺　元禄四年（一六九一）

……われらの持病もこの五三日心もちよく候まま、春のうち養生いたし、鬼のようになり候て、敷物の布団もいらざるようになり候て、御目にかけ申すべく候。

……水菜は方々へ分けて送り、酒は弟子衆にふるまい候。いつもいつも嫁ご御骨おらせ、まことに痛々しく、かたじけなく存じ参らせ候。

……よくよく御心得なされ下さるべく候。正月十九日　智月さま　芭蕉

その春は、伊賀上野へ帰郷している芭蕉からしばしば文がとどいた。病状報告であったり、智が嫁の佳江にたのんで伊賀上野までとどけさせた水菜や酒の礼であったり、ときには紙子を早くつくってほしいという催促であったり……。

はなれていても心はひとつ――。

智は朝に夕に芭蕉の文を取りだしては読み返し、元気になって大津へもどってくれる日を待ちわびた。文によれば、伊賀への山道、駕籠にゆられて激痛に呻いていたという。芭蕉自身も書いているように、まずは養生がいちばんである。

河合屋では又七が江戸下向中だった。佳江と二人、商いに目をくばり、家事や孫の世話など家内のことにも追われるかたわら、智は俳諧を詠み、推敲を重ねた。なにごとであれ、安易に流されず、常に高みを模索する姿勢こそ、芭蕉に教えられたものである。

あわただしい合間を縫って、義仲寺へも出かけた。

雪が解けたので、無名庵の普請もはじまっている。少しずつかたちを成してゆく庵を見ていると胸が躍った。

義仲寺へ行けばむろん、木曾塚と巴塚へ詣でる。

「義仲はん、御前はん、お二人がまためぐりおうて、幸せに暮らしてはりますように……うちはお祈りしてますえ」

巴塚のかたわらに古ぼけた櫛を埋めた。その場所はもう特定できない。おおよそこのあたり、と目星をつけて掘り返しても、見つからないのではないか。

なぜなら、櫛は、巴御前の髪に挿されているはずだから——。

三月下旬、無名庵が落成した。

萱葺きの草庵は大きさも間取りも元のままながら、破れ畳も傾きかけた柱もしみの浮いた壁もギシギシきしむ濡れ縁も真新しくなって、なんとも心地がよい。

「宗匠はんに一日も早う住んでもらいとおすなぁ」

新庵築造の立役者で、又七に代わって芭蕉の大津での世話役を買って出ている正秀は、新庵を見に訪れた智に芭蕉の様子を訊ねた。

「実際はどうどすのやろ。智月はんにはどういうてきやはりましたか」

「お体の具合はだいぶようならはったそうどす。庵もできたし、大津へとんできたいのは山々なれど、先に京へ行かんならんとか。心ならずも伊賀に長居することにならはったさかい、むこうでもぎょうさん待ちわびてはるんやて」

芭蕉は俳諧の宗匠である。各地で弟子が待っている。俳席に招かれれば顔を出し、門弟をあつめて俳談に興じ、歌仙を編む者がいれば率先して編纂に携わる。それが宗匠のつとめだ。

「そういうことなら、簡単にはもどれまへんなぁ」

正秀はため息をついた。

来月にも京の嵯峨にある落柿舎へ入ると、智は芭蕉から知らされている。落柿舎は弟子の去来の別宅で、おそらく連日のように門弟が集まり、あっちへもこっちへも引っぱりだこの日々がつづくにちがいない。

「宗匠はんはお人がええさかい、ついご無理をしやはります。病がぶりかえさはったらどないしまひょ」

「ほんまになぁ。お体がいくつあっても足らしまへん。智月はん、長うならはるようやったら、京へ迎えにいっておくれやす」

「うちがいったかてあきまへん。正秀はんこそ、様子見にいっとくれやす」

「こういうとき追いかけていって、強引に連れ帰る人もおましたんやが……」

二人は新庵の青畳に並んで座っていた。正秀がつけ加えたひとことに、智は旧庵で催された昨年の十五夜の俳席の光景をおもいだしている。

「ほんまになぁ、いつかこうなるんやないかと案じておましたんやけど……」

この一、二年、齟齬が感じられはしたものの、あのときはまだ尚白も俳席に加わっていた。芭蕉は十五夜のあと、堅田へおもむき、千那の家に滞在している。近江の芭蕉の門弟のなかでも最古参の尚白と千那が、今年になって蕉門を去った。元はといえば、智も又七も尚白の弟子として俳諧をはじめている。数々の意見の相違があらわになったとはいえ、尚白と千那の蕉門からの離別は、智にとっても打撃だった。

とはいえ、門弟の出入りは、俳諧の世界にはつきものである。

「宗匠はん、尚白はんと千那はんのことで、こっちへきにくうならはったんやおまへんか」

正秀は案じ顔でいったが、智は首を横にふった。

「そないなことはおへん。来る者拒まず、去る者追わず、いいまっしゃろ。お二人はどうか知りまへんけど、宗匠はんはそういうお人どす。諍いがあったことかて、もう忘れてはりますやろ」

「そんなら、大津を厭いはせんと……」

「あたりまえどす。宗匠はんにとって、大津は特別なとこどっさかい……」

けげんな顔をしている正秀を見て、智は忍び笑いをもらした。

そう。芭蕉と大津は切っても切れない縁がある。それは、目に見えるものではない。ふれられるものでもない。けれど、たしかにあるのだ。芭蕉、義仲、巴、智——四つどもえの、時空を超えたふしぎな縁が……。

「宗匠はんはじきに大津へもどらはります。新しい庵に、きっと大喜びしやはりまっしゃろ。正秀はん、そのときは芭蕉はんのお世話、あんじょうたのみますえ」

「へえッ。それはもう……」

目をかがやかせた正秀を見て、智も顔をほころばせる。

新庵ならではの芳しい木材の香を満喫しながら、芭蕉をこよなく愛する二人は、俳談から世間話、そしてまた芭蕉の噂まで心おきなく語り合った。

鎌倉　元暦二年（一一八五）

屋島や志度の合戦につづき、三月二十四日、壇ノ浦で源平最後の決戦が行われた。一連の戦で平氏の武将はことごとく戦死、もしくは囚われの身となり、平家は壊滅した。

戦の詳細は、半月ひと月と経つうちに、少しずつ巴の耳にも伝わってきた。

平家の女たちは次々に海へ身を投げ、幼い安徳天皇までが海の藻屑と消えたという。これには気丈な巴も身をふるわせた。平氏は宿敵である。都から平氏を追い落としたのは亡き義仲の手柄でもあったから、平家の滅亡は巴にとっても喜ぶべき出来事であるはずだった。それなのに、胸は塞がるばかり。

大勝利に鎌倉中が浮かれている。

そんななか、巴はひとり浮かぬ顔だった。体調がすぐれない。義高を産んだときは健康そのものだったのに、こたびは体がだるくて、指一本動かすのさえ億劫である。

「壇ノ浦の合戦で、お館さまは見事なお働きをされたそうにございますよ」

和田館も喜びに沸いていた。

義盛は弓の名手である。屋島の合戦では、那須与一という若者が、源氏平氏こぞって見守るなか船に立てた扇の的を見事に射抜いて喝采を浴びたと聞くが、壇ノ浦の戦では義盛が遠矢をかけて敵兵を射殺し、めざましい戦功をあげたという。巷では頼朝の異母弟、義経の手柄が大評判、ここ和田館ではそれにもまして義盛の手柄話で持ちきりである。

「お館さまはいつご帰館なされましょうか」

「これだけの大戦では後始末にも時がかかる。夏か秋になろう」

「では、御前さまは、お子を抱いてお迎えが叶いますね」

「ただの子ではない。嫡子ぞ」

侍女と義盛の母のやりとりを、巴はこの日も脇息にもたれてぼんやり聞いていた。

義盛の母は女武者の腹の子に多大な期待を抱いているようだが、巴はもう、是が非でもわが子を和田家の嫡子にしようとはおもっていなかった。

義盛の子供たちの存在を知ったからだ。

八幡宮へ詣でるたびに、巴は横山家を訪ねていた。そこでは、義盛の側室が産んだ子らと、おそらく侍女のだれかか、母の名もわからぬ子らがわけへだてなく養育されていた。最年長の男児は小太郎という義盛の幼名をもらっていて、そろそろ元服である。

たのもしき男子ではないか――。

小太郎は面構えもなかなかのもの。

巴は男兄弟のなかで育ち、義仲を自らの手で鍛えた。自らも男たちにまじって戦ってきた。女をむきだしにして男を奪い合う気もなければ、母性を発揮してわが子だけを猫かわいがりするつもりもない。

腹を痛めた義高は、むろん、命に替えても悔いのない宝だった。が、義高を産んだのがもし自分でなくても、おなじように愛しんだにちがいない。義仲の嫡子なら、それだけで掌中の珠である。

巴は義盛の側室に嫉妬を感じなかった。そもそも目にも入らない。そんなことより、横山家では義盛の男児たちを、好奇心と期待をこめつつも、冷静に観察した。

嫡子は小太郎でよい。ただし、もっと鍛える必要がある。子を産んで通常の体にもどったら、早速、義盛にたのんで男児たちに武術を教えよう。とりわけ体の大きな三郎は鍛えがいがありそうだった。義盛をしのぐ猛将になれるかもしれない。

義盛の母は巴に、真の勇者を育ててくれ、とたのんだ。

真の勇者とはなにか。敵に後れをとらない。散るべき時がきたら潔く散る。手柄を逸らず、人を貶めず、信念を貫き、なにより人の心を尊重する武士である。

どんなに氏素性や血筋が優れていても、戦場であっけなく喉をかっ切られる男たちを、巴は数えきれないほど見ていた。真の勇者を育てるには、氏より素性より血より鍛錬、それこそが心身を磨く唯一の手段だと巴は信じている。

けわしい顔をしていたようだ。

「御前さま。どうかなさいましたか」

侍女に顔をのぞきこまれて、巴はわれに返った。戦場や勇者のことばかり考えていたので、頭に血が上ったのか。体は冷え冷えとしているのに、顔が火照っている。

「なんでもない。なんでも……」

いいかけたとき、下腹に激痛がきた。おもわず体を折りまげて呻く。

「あれまぁ、どうしましょう。大方さまッ。御前さまが……」

「ほんにひどいお熱……」

侍女たちが騒ぎだした。

「だれぞ、早う医師をッ。かようになるまで、なぜ、だれも気づかなんだのじゃ」

義盛の母の鋭い声がひびきわたり、何人かの腕が巴の体を持ち上げる。床に運ばれる途中で、巴は両手を宙に泳がせた。

「ややこ……わらわの、腹の子が……」

自分の声が谺のように遠く聞こえる。

目のなかに夜の帳が下りて、巴は闇に沈んだ。

八

大津・義仲寺　元禄四年（一六九一）

梅雨明けを目前にひかえて、蒸し暑い日々がつづいている。

智は一日の帳場仕事を終えた夕刻、おもいたって義仲寺へ出かけた。

又七が江戸へ遊学しているので、家業に目をくばらなければならない。亡夫が病んでいたときも夫の代わりに働いていたから仕事自体は苦にならないが、忙しさにまぎれて義仲寺へ詣でる暇がなくなってしまった。

又七はすでに帰国の途にある。明日あさってにも帰着するとの知らせがとどいていた。五か月近い旅から帰れば、無事を祝い江戸の話を聞こうと知人や俳諧仲間が押しかけてくるはずだ。しばらくは酒宴だ俳席だとにぎわって、ますます寺詣での足が遠のく。それならば今のうちに……と考えたのである。

気が急いているのは、巴御前が呼んでいるためか。拾った櫛を巴塚のかたわらに埋めて以来、智は以前にもまして巴御前を身近に感じている。

無名庵はこの三月に完成した。寺の改築がほぼ終わったので、檀家もなく住持もいない義仲寺はひっそりとした佇まいにもどっている。

庵かて待ってはりますえ。芭蕉はん、早う帰っておくれやす――。

胸のうちでつぶやきながら街道を急ぐ。

芭蕉は、郷里の伊賀上野からそのまま京の嵯峨へおもむき、門弟の去来の別宅である落柿舎で『嵯峨日記』を記したあと、洛中にある凡兆の家へ移って、俳諧集『猿蓑』の編集に携わっていた。一日も早く大津へ帰って新築の庵へ入ってほしいと、近江の門弟たちは待ちわびている。が、芭蕉の京滞在はおもいのほか長びいているようだった。


智は芭蕉に文をだして、又七の帰国の予定を知らせた。江戸出立の際、俳席をもうけて歌仙を巻いている。これを又七に持参させ、江戸の門弟たちに満尾まで巻かせることにした。又七は芭蕉に、真っ先にこの歌仙を手渡したいとおもっているにちがいない。又七のためにも、智は芭蕉に一刻も早く帰ってほしいと願っている。

寺門をくぐるや、真新しい庵が目にとびこんできた。小体ながら住み心地のよさそうな庵である。

芭蕉はん、気に入ってくれはるやろか――。

今はもう、きしむこともない濡れ縁に腰をすえて、帳面に俳諧を書きつけている芭蕉の姿が見えるようだ。朽ちかけた旧庵にも芭蕉の姿はしっくり溶けこんでいたが、木の香も芳しい新庵は、なおのこと芭蕉にふさわしい。いつなんどきでも清廉でありつづける芭蕉そのもののような……。

庵のかたわらには、木曾塚と巴塚が並んでいた。いつもどおり、智はまずは巴塚へ。数歩近よったところで、あッと足を止めた。

先客がいる。塚の前にしゃがみ、両手を合わせている男は——。

「芭蕉はんッ」

「おう、これは智月さん」

智のほうへむけられた顔がぱっとかがやいた。鼻筋の通った面長の、くっきりとした二重まぶたの下の目に人なつこく温かな光が流れる。

時が止まったかのように、二人は見つめ合った。

いつだったか、似たような場面があった。そう、はじめて出会ったときだ。あのときは今と反対で、寺門をくぐった芭蕉が巴塚に詣でていた智を見て息を呑んだ。尼姿の智を巴御前と見まごうたのだ。

あれが、はじまりだった。

二人は二人ながら出会いの妙に胸を熱くしている。

「いつ帰らはったんどすか。知らせてくれはったらよろしゅおしたのに。着替えやら食べ物やらご用意しときましたんやけど」

われに返った智は、喜びのなかにわずかに非難をおりまぜて訊(たず)ねた。

芭蕉はまぶしそうに目を瞬(またた)いた。

「たった今、にござるよ。乙州(おとくに)が江戸から帰るとなれば、顔を見に来(こ)んわけにはゆきません。いや、実はまだ京での仕事がのこってござる。あと十日あまりかかるゆえ、ちょっくら抜けて参りました」

「ほんならまた京へもどらはるんどすか」

「凡兆には二、三日で帰るというてきました」

智は落胆した。が、多忙な身でありながらわざわざ又七のために大津まで来てくれた芭蕉の気持ちをおもえば文句はいえない。

「それやったら、こたびは庵はお預けどす。うちとこへ泊まっておくれやす」

二、三日の滞在では食べ物を運んでも手間がかかるだけだろう。芭蕉もそのつもりだったのか、ふたつ返事で智の申し出をうけいれた。

「それにしても、立派な庵にござるの。居心地がよすぎると旅に出る気力が失(う)せる。正秀(まさひで)には、できるだけ簡素なものを、とたのんでおったんじゃが……」

「そこがうちらの手ぇどす。芭蕉はんを江戸へ帰さんとこ、いう……」

「そいつは困りました。それでなくても近江は竜宮城のようなもの、乙姫さままでいてござる。これでは浦島太郎になってしまいます」

「浦島はんは玉手箱もろうて帰ったさかい、あないな目ェにおうたんどす。芭蕉はんはずっとここにおいやしたらええのんやわ。そしたらお歳もとらず、おもしろおかしゅう暮らせます」

「体がふたつあったら、そうしたいところにござるがの……」

「やっぱり、竜宮城も乙姫も、芭蕉はんを引きとめられはしまへんのどすなぁ」

智は大仰にため息をついてみせた。

芭蕉は笑い、それからふっと真摯な目になる。

「この芭蕉の帰るところは、ここ、木曾塚と巴塚が寄りそうところにござるよ。さよう、このことは皆にいうておかねばならぬが、いずこでくたばっても、わしの墓はここに建ててもらうつもりじゃ」

「いややわ。今からお墓の話なんて……」

智は眉をひそめた。

今は止んでいるが、数日来ふりつづいた雨で地面がぬかるんでいた。智は裾を気づかい、膝を軽く折っただけで巴塚に長々と合掌をする。

「ちょっと待っててておくれやす。木曾塚へもお詣りしとかんと」

芭蕉が巴塚より先に木曾塚へ詣でたであろうことは訊くまでもないので、智はひとりで木曾塚へ詣でた。出会ってから今日まで何度もいっしょに詣でているが、幻住庵での逢瀬を経た今は、二つの塚のように自分たちの心もぴたりと寄りそっているのがわかる。

「正月に詣でたときのこと……覚えてござろうか」

智が合わせた手をほどくのを待って、芭蕉が訊ねた。

「むろん、覚えてます。巴御前はんの櫛を埋めたときやね」

「残雪の下から雑草が生えてござった」

「へえ。芭蕉はんは、かたちあるものは失うなるがなきものはさにあらず、といわはりました。草は枯れても時季がくればまた芽を出す。人のつくったもんとちごうて、命は失うなったりせえへん、いうことどすね。今なら、ようわかります」

芭蕉は顔をほころばせた。

「さよう、人も草もおなじにござるよ」

「それがほんまなら、芭蕉はんはきっと木曾義仲はんの生まれ変わりどす。うちも、巴御前はんの生まれ変わりかもしれまへん」

智は、ほんとうにそんな気がしていた。

「芭蕉はんの話をうかごうて、うちもそないな気ぃがしてます」

真顔でいうと、芭蕉は答えるかわりに俳諧を披露した。

「木曾の情　雪や生えぬく　春の草」

「まぁ、あのときつくらはったんどすか」

「いや、あとになっておもいだして、とたんにするすると……」

推敲に推敲を重ねる芭蕉が、この俳諧については一気呵成に詠んでしまったというから、よほど胸にたまったおもいがあったのだろう。

「木曾の、情……」

智は上五を反芻する。

情とは、華々しく戦って散った木曾義仲の猛々しい性情ともとれるが、智はそれだけではないような気がした。いや、情というからには、男女の情にちがいない。芭蕉は、義仲と巴御前を結びつけていた情愛の――姉弟としての情でもあり恋情でも同志愛でもある――深さ烈しさを詠んだのではないか。その情愛が、今、時空を超えてよみがえったことへのおどろきと感慨を詠んでいるのだ。それはおそらく、智と芭蕉以外のだれも、読みとることはできない。

「智月さん……」

「へ、へえ」

「あ、いや、そろそろ参ろうではござらぬか。家人が案じておられよう」

「へえ。ほんなら……。芭蕉はんをお連れしたら、皆、大喜びしまっしゃろ」

二人は連れだって寺門を出た。

今はもう残雪に立ちむかう雄々しさではなく、奔放すぎるほど奔放に、草木は青々と生い茂っている。露に濡れた葉叢のどこかで、初蜩が鳴いていた。

鎌倉　元暦二年（一一八五）

おびただしい数の蟬の声に、山がゆさぶられているようだ。

鬱蒼とした樹林の合間の急な坂を、色白の頰を紅くそめた男児が駆け下りてゆく。髪は両耳の上で結んで輪にした美豆良、洗いざらしの布子、素足に甲掛け草鞋、腰には短刀……いでたちはどこにでもいる武士の子のようだが、目鼻のととのった顔には幼いながらも気品がそなわっていた。鄙の童とはどこかちがっている。

もっとも、出自がどうであれ、当人は兎を追いかけるのに夢中だった。山頂で太鼓や鉦を叩いて兎を追いたてたのは巴の兄たちで、捕らえるのは駒王丸の役目。それもこれも駒王丸に狩り――ひいては戦の仕方を教えるための訓練である。

巴は、坂が見渡せるように、大木の上に陣取っていた。弓矢を手にして木の股に腰をかける勇姿は男子（おのこ）顔負け。

「駒王。ぐずぐずするな。早（はよ）う捕らえよ」

兎は前足が短いので、坂を駆け下りるのが苦手だ。案の定、もんどりを打ってころげた。足を痛めたのか、あがいても起き上がれない。

駒王丸は兎に追いつき、抱き上げようとした。

と、そのとき、巴は弓を引いた。あやまたず、兎の首に矢を撃ちこむ。

「わッ。な、なにをするッ」

駒王丸は悲鳴を上げた。兎を抱いて矢を引き抜こうとする。

巴はするすると木から下りた。

「抜く前に首を切れ」

「く、首ッ？　兎の、首を、われが……」

「短刀があろう。切り落とせ」

「そんな……さようなことはできぬ」

「いや、やるのだ。武将の子なら逃げてはならぬ」

巴は駒王丸のかたわらへやってきて、小さな肩をつかんだ。

「戦場では敵の首級（しゅきゅう）を挙げねばならぬ。断末魔の身方（みかた）の首を切り、敵軍の目から隠さねばならぬときもある」

駒王丸は切れ長の目で巴をにらみ返した。

「こやつは生きていた。なぜ、命を奪った？」

「負傷した獣はもっと強い獣に襲われる。生きながら食われるよりラクにしてやったほうがよい」

駒王丸の眼光がやわらいだ。と、見る間に目の縁に涙が盛り上がった。

駒王丸——のちの木曾義仲——は世間が噂するような粗暴な男ではない。とりわけ幼いころは、情の細やかな男児だった。

ふいに愛しさがこみ上げる。抱きしめてやりたい衝動をこらえ、巴は今一度、駒王丸に兎の首を切れと命じた。

あぁ、駒王よ、愛しい駒王よ——。

ふるえる手で短刀を引き抜く駒王丸を感情を殺した目で見つめながら、巴は夢のなかで呼びかけている……。


「あ、お口が動いておりますッ」

「おう、気づいたか」

「お薬湯が効いたようにございます。御前さま、もう心配はいりませぬ」

蟬しぐれかとおもったのは人の声らしい。にわかに枕辺が騒がしくなった。

枕辺――。そう。巴は頭を床につけたまま、周囲を見回す。

「わらわは……」

「お体を起こしてはなりませぬ。今しばらくお休みくださいまし」

起き上がろうとした巴を、侍女の一人がやさしく押しとどめた。

「ややこは……そうじゃ、わらわのややこはッ」

巴の問いに答えたのは、困惑顔を見合わせている侍女たちではなく、義盛の母だった。義盛の母はすっと膝を寄せて巴の眸をのぞきこんだ。

「無念ながら嫡子は流れたが、これで終いではあるまい。義盛もじきに帰ってくる。子はまたできよう」

「さればややこは……ややこは水になってしもうたのじゃな」

巴はまぶたを閉じた。眼裏に駒王丸の姿はない。全身全霊で愛しんだ義仲に先立たれ、己の命に替えても救いたいと願った義高にも死なれ、新たに宿った命さえも失ってしまったのだ。この先、なにをよすがに生きてゆけばよいのか。

義盛の母は、勇猛果敢な女武者としての巴に、いまだ嫡子の母となる期待をかけているらしい。

今、わかった。わらわは強うなどない。弱き女子じゃ――。

それでも涙は見せたくなかった。巴は目を閉じたまま、こみ上げてきた熱いかたまりを呑み下す。鼻の奥がしびれて、忌々しい涙がひとしずく、目尻から耳のなかへ逃げこんだ。

大津・義仲寺　元禄四年（一六九一）

六月二十五日、芭蕉が大津へ帰ってきた。

又七の帰還を迎えるために京から駆けつけたのが同月の十日で、十三日には京へ帰ってしまったから、智をはじめとする近江の門弟たちはそれからさらに十日以上も待たされたことになる。

その間に炭や薪、夜具や食料が無名庵へ運びこまれた。一日でも長く滞在してほしいと願う人々は、芭蕉のためになにかしら持ちよって、快適な暮らしができるよう心をくだいた。

智もむろん、じっとしてはいられなかった。女らしい心くばりで単衣や浴衣を縫い、草履や下駄、新しい頭巾まであつらえた。

「これではちと甘やかしすぎにござるぞ」

芭蕉は新庵の居心地のよさに目を細めた。昨年は住みづらさに音を上げ、幻住庵でひと夏をすごしている。その幻住庵も山腹にあるので便利とはいいがたく、移って早々風邪をひいたときはなすすべもなく悪化させてしまった。智の親身の看病がなければどうなっていたか。

「ええやおまへんか。旅へおいでやしても、帰るとこがあるとおもわはったら、お心もなごみまっしゃろ」

智は芭蕉に、今はもう、旅に出るのはやめてここにいてくれとはいわなかった。いえなかった。それをいえばいたずらに芭蕉の心を乱すだけだと肝に銘じていたからだ。叶（かな）うなら、いつの日にか、この大津に安住してほしい。年長の自分がいうのもおかしいが、芭蕉が老いて病み、旅ができなくなったそのときは、ぜひとも自分に看病をさせてほしい。それだけが智の願いである。

生まれ育った家へ帰ってきたかのように、芭蕉は無名庵へ落ち着いた。といっても、近江での芭蕉の世話人を自認する正秀の家へ出かけたり、『猿蓑』の出版をひかえた京へ呼ばれたり、幻住庵にいたときのように侘（わ）び住まいを楽しむ余裕はなさそうだ。

智も足しげく義仲寺へ通った。行かれないときは、俳諧（はいかい）の添削にかこつけて、

――洗濯の御着物御座候はば、御越し成され候べく候。

などという文を店の者にとどけさせた。

今や二人は、余人には想像もつかない強い絆（きずな）で結ばれていた。それはそっくりその

まま、義仲と巴御前のあいだにもあったはずの――姉弟であり恋人であり師弟であり同志でもある――絆だ。体の結びつきを超えた魂の結びつきである。

芭蕉は洗濯物を手渡す際、いつまでに洗ってくれとか綻びを繕ってくれとか、なにかしらたのみ事をしてきた。又七夫婦や店の者には「あれ、また鉤裂きをつくらはって……」などと苦笑してみせながら、智はうれしさに頰をそめ、やりかけの仕事を放りだして芭蕉の着物に手を伸ばす。芭蕉の匂いとぬくもりのこもった着物を抱きしめ、頰をすりよせて、自分を頼る者のいる幸せを嚙みしめるのだった。

八月十五日、芭蕉は無名庵で月見の俳席を催した。

世話人の正秀は茶を、又七は酒を持参し、智は佳江に手伝わせて小宴の仕度をした。参加者は洒堂、丈草、支考、木節、惟然など近在の門弟たち。座は大いににぎわい、勢いあまった一行は琵琶湖に舟を浮かべて遊び興じた。しかもだれがいいだしたか、疎遠になっている千那や尚白を訪ねようということになり、このときばかりは千那や尚白も昔にもどって宴に加わり、華やいだひと夜をすごした。

芭蕉は翌日もひきつづき十六夜の月見を催した。堅田に住む門人の成秀の家に招待されたためで、この夜も月を愛でながら湖上を舟で堅田へ行き、参集した門弟たちと十九吟歌仙を興行した。

さらにこの月の下旬には、参勤交代で江戸から帰藩していた曲水の家で俳席を催し膳所藩士の曲水は芭蕉の昔なじみで、盟友でもある。幻住庵を芭蕉に貸すよう所有者の伯父に話をつけてくれたのも曲水だった。

この年は閏八月があった。芭蕉は八吟歌仙、十二吟歌仙と精力的に歌仙を巻き、また門弟たちと石山詣でに出かけたり、瀬田川に舟を浮かべて遊んだりと、晩夏から晩秋にかけて近江の風物を満喫した。石山寺へは後の月見ということで、九月にも大坂から訪ねてきた門弟を伴って出かけている。

そんな合間を縫って、智は義仲寺を訪ねた。酒をとどけがてら、又七が芭蕉と夜っぴいて語らうこともあった。が、いかにせん、芭蕉は忙しすぎる。あちらへ呼ばれこちらへ招かれ、庵にいるときでも門弟がそばにいないことはめったにない。

近くにおいやしても、これやったら二人で話もでけんなぁ——。

出すぎないように距離をおいて芭蕉をながめながら、智はときおりため息をついた。俳諧の宗匠とは、ただ俳諧を詠むだけではない。人脈が大切だ。おかしなことだが、孤高を愛するならなおのこと、孤高を守るために人づき合いが欠かせない、というのもまた事実だった。

幻住庵での水入らずの日々が智は恋しかった。

そのおもいは、智だけのものではなかったようだ。

智の家の裏手、それもちょうど智が暮らす離れへつづく木戸のかたわらに、銀杏の大木がある。黄葉が散りはじめる季節、かたい皮をかぶったぎんなんも熟れて落ちる。煎れば芳ばしく、酒肴にもってこいだ。

芭蕉はんにおとどけしまひょ――。

智は下駄を履いて庭へ下りた。手には拾い集めたぎんなんを入れる籠と、つまみ上げるための大ぶりで平たい箸を持っている。

大木のそばまで行かないうちに足を止めた。

木戸の外に人がいる。なかの様子をうかがっていたのか。人が近づいてきたので身をかたくしているらしい。

「どなたはんどすか」

木戸越しに声をかけた。

「智月さん……」

「あれ芭蕉はんッ。まぁ、どないしやはったんどすか」

智はあわてて木戸のつっかい棒をはずし、芭蕉を招じ入れる。

招かれるままに木戸をくぐりはしたものの、芭蕉はそこに突っ立ったまま、それ以上、なかへ入ろうとはしない。いつもの芭蕉とはどこかちがって、放心しているようにも見えた。

「芭蕉はん……」

芭蕉は智の目を見なかった。かわりに梢（こずえ）を見上げた。

「まこと、見事な銀杏にござるのう。ほう、智月さんはぎんなんを拾うておられたか。これは美味（うま）い。煮るもよし、蒸し物に入れるもよし」

芭蕉は身をかがめて、ぎんなんを拾おうとした。

「これを」と、智はすかさず箸を差しだす。

「お手が汚れます。ぎんなんは臭いがひどおすさかい」

「見事な黄葉に目を奪われたかとおもえば、腐臭を放つ実が落ちてくる。が、その実にはなんとも美味い中身がつまっている……銀杏とはおもしろきものにござるの」

むろん、銀杏の話をするためにわざわざ訪ねてきたわけではないだろう。ではなんのために……とも訊（き）けないまま、智は芭蕉のつまみ上げたぎんなんを籠にうけた。大木の下にしゃがみこんで、智と芭蕉は子供のように無心にぎんなんを拾い集める。

「先夜、乙州が酒をとどけてくれました」

「へえ。芭蕉はんとゆっくりお話ができたと、喜んでおましたえ」

「江戸へ行って、考えたそうにござる。智月さんが、腹を痛めた自分を実家へ置き去りにして大津へ嫁いだのはなぜか、自分を弟と偽って河合屋（かわいや）の跡継ぎにもらいうけたのはなぜか……昔は母に都合よくふりまわされているようで腹が立ったそうにござる

がの、今は、そうするにはそうするだけの事情があったのだとおもえるようになった

そうで……智月さんは強い人だというてござった」

「うちは強うなんか……又七が、芭蕉はんにそんな話を……」

「これよりは性根を入れ替えて商いに励み、母を安心させたいともいうてござった」

又七とのあいだには、いつもぎこちなさがあるような気がしていた。それは、出生の秘密を隠していることと母としての役目を怠ったこと、そのふたつの消すことのできない負い目があるからだろう。

けれどこれからは、そんなぎこちなさも徐々に消えてゆくにちがいない。又七が自分を理解しようとしてくれるのならば……。

「芭蕉はんは、又七の話をしてくださるためにおいでてくれはったんどすか」

「いや。いやいや。ま、それもあるにはあるが……」

芭蕉はすくりと立ち上がった。大仰(おおぎょう)に腰を叩(たた)きながら「歳はとりとうないもので……」などとおどけてみせる。

「智月さんのお顔が無性に見たくなりました」

さらりといって、背中をむけた。智がその言葉の意味をまだ咀嚼(そしゃく)できないでいるうちに、木戸を出て行こうとする。

「あ、芭蕉はん、お帰りどすか」

芭蕉はふりむかなかった。

「この次はぎんなんをいっしょにいただきとうござる。七輪で煎って」

「ほな、お持ちします」

「はい。いつなりと」

智はそのとき、息苦しいほどの昂揚にとらわれた。駆けよって、芭蕉の背中に抱きつきたかった。そうでもしなければ胸の昂りをおさえられそうにない。

もちろん、抱きつけるはずがなかった。「お気をつけて」とつぶやいてお辞儀をする。顔を上げたとき芭蕉の姿はなく、路地のそこここに午後の日だまりがあるだけだった。


芭蕉は、又七のことではなく、なにかちがう話をしにきたのではないか。悩みか迷いか、相談したいことがあったのかもしれない。

それとも、ほんとうに、自分の顔を見たかったのか。

智は胸に手を当てて、ざわめく心を鎮めた。いい歳をした女が、それも尼の身で、どうしてこうも芭蕉のひとことに心かき乱されるのだろう。

それでも気がかりは消えなかった。

翌日、ぎんなんを入れた籠を小脇に抱えて義仲寺へ出かけた。又七が家業に精を出すようになって智の出る幕が減ったとはいえ、いまだ店を手伝っている。ほかにも家事の仕切りや孫たちの勉学の指南などがあるので、家を出たときは昼下がりになっていた。

寺門をくぐって無名庵へ。これはいつものことだ。

「芭蕉はん、智どす。開けてもよろしゅおすか」

玄関で訪いを入れたが返事はない。戸を開ける。芭蕉はいなかった。客も弟子もいない。夜具はたたんで片隅に積まれ、畳も塵ひとつなく拭き清められている。

どこかへ出かけているようだ。

芭蕉は常日ごろから旅が住処だといっていた。ふらりと出かけたとしてもふしぎはない。門人の家へ招かれたか、京や大坂、もしくは郷里の伊賀上野へ出かけたということもありえる。

念のため、寺の留守居の夫婦に訊ねてみることにした。夫婦は本堂の裏の小屋に住んでいる。この小屋も新築したので、今は小屋ではなく歴とした住居だ。

「これは河合屋さんの……」

応対に出たのはいつもの妻女ではなく亭主だった。

「芭蕉はんはお出かけどすか」

「へえ。京へ行かはりました」

それなら心配はない。芭蕉はたびたび京へ出かけている。

「いつ、お帰りか、聞いてはりますか」

「さぁ、聞いてはおまへんけど、ま、数日でお帰りになりまっしゃろ。こたびは江戸へ発つ前の挨拶（あいさつ）や、いうてはりましたさかいに」

「江戸へ……発（た）つ？」

智は耳をそばだてた。

「芭蕉はんは、江戸へ帰る、いわはったんどすか」

「へえ。甥御（おいご）はんのことで帰らんならんそうで……」

「甥御はん……」

初耳だった。もっとも、智は芭蕉の身内についてほとんど知らない。が、暮らしぶりなら聞いていた。旅はともかくとして、二十九ではじめて江戸へ出た芭蕉は、四十八になる今日までの十九年間、江戸を拠点として生きてきたという。いくら近江が気に入ったからといって、江戸へのこしてきた人々を忘れ去ることなどできようか。

「江戸へは、いつ、お発ちというてはりましたか」

「雪の季節になると難儀ゆえ、今月中にはお発ちになりたいそうどす」

智は礼を述べて境内（けいだい）へもどった。

芭蕉はんが、江戸へ、帰らはる——。

それでは、昨日はそのことを智に知らせにきたのだ。だがいえなかった。智を悲しませるのがつらくなったのか。芭蕉自身も後ろ髪ひかれるおもいがあったのかもしれない。無名庵は住み心地がよい。近隣の人々は情が細やかだ。なにより、ここには義仲と巴御前の塚があり、芭蕉にとっての巴御前である智が身近でなにくれとなく世話をやいてくれる。その智に引きとめられれば、江戸へ帰る決意が鈍ってしまうのではないかと恐れたのだろう。

いやや。うちかて、江戸へ行かせとうおへん――。

昨日、打ち明けられていたら、やはり行かないでとすがっていたような気がする。旅に出るのはいたしかたない。それが俳諧(はいかい)師たる芭蕉の生業(なりわい)だから。けれど江戸は――長年、家を構えていた江戸は――門弟もいよう、身内もいよう、友もいよう、大勢の知己が待ちわびているはずだ。帰ったが最後、身動きができなくなりそうで恐ろしい。

別れのつらさはおなじでも、二十代三十代なら、これほど胸を痛めなかったとおもう。この歳になると、いつ今生(こんじょう)の別れになるか。これが見納めかもしれないと、別れのたびに覚悟をしなければならない。

足は知らぬまに巴塚にむかっていた。

塚の前にぬかずいて、どこかで自分を見ているはずの巴御前に祈念する。

「御前はん、お願いや。うちから芭蕉はんを取りあげんといておくれやす。どこへ行かはっても、それはしょうがおへんけど、どうぞ、うちのとこへ帰しておくれやす」

ぎんなんの入った籠（かご）を巴塚に供え、智は重い足どりでわが家へ帰って行った。


芭蕉は九月二十三日に無名庵へ帰ってきた。桃隣（とうりん）という門弟を伴っている。江戸までの道中の世話をたのんでいるらしい。

芭蕉の江戸帰還はたちどころに知れわたった。近江中から別れを惜しむ門人たちが集まってきた。芭蕉のほうから挨拶に出むかなければならないところもあって、朝から晩まで大忙しである。

京へ発つ前日、こっそり智を訪ねてくれたあのとき、なぜ強引に引きとめて話をしなかったのかと智は悔やんだ。たとえ江戸帰還を断念させることはできなくても、二人きりで心ゆくまで別れを惜しむくらいはできたはずだ。

今となっては遅かった。智は毎日のように無名庵を訪ねたが、だれかしらがいて、二人きりにはなれない。このまま送りだすのはなんとしても心のこりだ。気を揉（も）んでいたとき、芭蕉が前触れもなく訪ねてきた。二十八日の夕刻のことで、こたびは佳江が玄関から客間へ招き入れる。

智と又七の前で威儀を正した芭蕉は、あらたまって礼を述べた。

「お二人にはなにからなにまで世話になり……」

「永の別れやあるまいし……そないな堅苦しい挨拶はせんといておくれやす」

「母のいうとおりどす。宗匠はんと親しゅうさせてもろて、ほんまにうれしゅおした。礼をいわんならんのはこっちのほうや」

「いやいや、お二人がおらなんだら、いくら郷里のごとき膳所といえども、ここまで長居はいたしませなんだ」

「ちっとも長居やおへん。無名庵もでけたんやし、なにもあわてて江戸へ帰らんかてええやおまへんか」

いってはいけないとおもいつつも、智はつい恨みがましい言葉を口にしてしまう。

又七が智を軽くにらんだ。

「お母はん。江戸は地の果てやおへん。ちょっと行って、また帰ってきてもろたらええんどす。うちらはな、宗匠はん、首を長うして待ってまっさかい」

「そうやね、一日も早う帰っておくれやす。ほんまの郷里とおもうて……」

口々にいわれて、芭蕉は感極まったようにうなずいている。

「そうそう、今日は形見を持参しました」

芭蕉はかたわらの風呂敷包みを、膝の上におきなおした。

「形見？　いややわ、縁起でもない」

智はとっさに不安な色を浮かべたが、又七は身を乗りだした。

「お留守のあいだ宗匠はんを偲ぶもんがほしい……そないにおもうて、こっちからおたのみしましたんどす。お母はんかて、ほんまは宗匠はんのお心のこもったもん、そばにおいときたいんやおまへんか」

そういわれれば、たしかにそのとおりである。

「それもそうやけど……いったいなにをいただけるんどすか」

芭蕉は包みを開いて、まずは巻物を取りだした。又七の膝元へ押しやる。

「これは乙州に。下手くそな自画像にござる」

又七は巻物をひろげた。洒脱な筆づかいで翁の座像が描かれている。実物より老けて見えるが、濃淡の墨絵が芭蕉のひょうげた雰囲気をよくとらえていた。

又七は感激の面持ちで芭蕉の自画像を食い入るようにながめている。

「智月さんには、これを」

芭蕉は今ひとつの巻物を智の前においた。

「これは……」

「はい。『幻住庵記』にござる。これは……これだけは、余人にあらず、智月さんにもろうてもらわねばなりません」

「芭蕉はん……」

智はふるえる手で巻物をとり上げた。

芭蕉が没頭して書き記す姿を見ている。真っ先に読ませてもらったので中身も知っていた。それどころか、粗方諳(そら)んじてもいる。

なぜなら、幻住庵こそが、智と芭蕉の胸に深く刻まれた夢幻の住処であるからだ。

芭蕉がこの一巻を智に託したということは――。

智は巻物を胸に抱きしめた。

「うれしゅおす。なによりの形見やわ。うちの命とおもうて大切にさせてもらいます」

芭蕉を見る。芭蕉も智を見ている。忍んで裏木戸から訪ねてきたときはろくに目を合わせなかったのに、今はまっすぐに智の眸(め)を見つめていた。

そうだった……と、智はおもった。自分と芭蕉は、型どおりの挨拶を交わし合う必要もなければ、月並みな愁嘆場を演じる必要もなかったのだ。言葉を超えた絆(きずな)は、近江と江戸でも、此岸(しがん)と彼岸でも、断ち切られることはない。百年五百年千年を経ても色あせることはないのだから。

智と又七は、声をそろえて礼を述べた。芭蕉は満足げにうなずき、おもむろに席を立とうとする。

「明朝、発ちます」

母子は目をみはった。

「明朝とはまた……」

「ずいぶん急な……」

「九月はあと二日しかありません。今月中に出立すると江戸に知らせてござる。いずれにせよ、病持ちの翁としては、雪が降る前に着きとうござるゆえ……」

今さら引きとめられないことは、二人とも承知していた。痔疾持ちの芭蕉の道中をおもえば、たしかに一日も早く出立してもらうほうが安心である。

「ほんなら又七、早う餞別の仕度を……土産も今夜中にとどけさせな……」

「へい。宗匠はん。ちょっと待っておくれやす」

又七があわただしく出て行くのを待って、智はふたたび芭蕉に目をむけた。

「芭蕉はんがもどらはるまで、木曾塚と巴塚はうちがお守りします。そのことだけ、いうとこ、おもいましたさかい……」

芭蕉はうなずく。

「明朝、発つ前に詣でて、智月さんをお守りするよう念入りにおたのみしておきます。守り守られて、ご両人も智月さんも、変わらずに待っていてくださるように」

「芭蕉はんこそ、ご無理はせんといておくれやす」

話しているところへ、又七が餞別を持ってもどってきた。路銀の足しに……と、袱紗包みを芭蕉の膝元へおく。

包みを押しいただいてふところへおさめるや、今度こそ芭蕉は暇(いとま)を告げた。明日は未明に発つという。大仰な見送りは好まぬゆえ無用、といいのこして帰って行く。

智は、玄関の式台に膝をそろえて芭蕉を見送った。途中まで送ってゆくという又七と芭蕉の話し声に耳を傾けながら、喪失感を嚙(か)みしめる。

義仲寺で芭蕉とはじめて出会ったのは、貞享(じょうきょう)五年（のちに元禄と改元）の五月だった。あれからわずか三年と四か月。それなのに自分のいちばん大事なものを失ったかのような気がしている。

中指で目頭をおさえ、ひとつ洟(はな)をすすって、智はようやく腰を上げた。

九

鎌倉　元暦二年（一一八五）

喪失感という大海原を、巴はあてどなくたゆたっていた。

櫂を失った小舟は、もはや風まかせ波まかせ。悲しいとか辛いとか苦しいとか……そんな生々しい感情もいつしか消え失せている。

もとより、和田義盛の妻となり子をさずかったのは事のなりゆきだった。義盛のことは憎からずおもっていたし、懐妊したこともうれしくはあったが、それは義仲や義高へのおもいとは同列に語れぬものだった。夫に棄てられはしないか、側室の子に嫡子の座を奪われはしないか、などという腥い感情も端から持ち合わせていない。

そもそも巴の喪失感は、義盛との子を失ったことによってのみ、もたらされたものではなかった。数多の戦場を駆けめぐり非業の死に遭遇するたびに澱のようにたまってきたものが、流産によって一気に噴きだしたのである。死闘の末に散ってゆく命もあれば、産声すらあげずに黄泉へ旅立つ命もある。いずれ劣らぬ儚さに、巴は胸をえぐられるおもいがしていた。

人はこんなとき、出家をおもいたつのだろう。いつか許されるなら、自分も尼になりたいと巴はおもう。

「御前さまッ。お館さまがご帰館あそばされました」

侍女が喜びのあまりつんのめりそうな勢いで知らせにきたときも、巴は放心した顔でうなずいただけだった。

源氏の軍勢が屋島や志度につづく壇ノ浦の戦いで大勝して平氏を滅ぼした話は、とうにひろまっている。凱旋に和田館は沸きかえっていた。

そんなか、巴だけが喜びの輪に入れずにいる。

義盛は、これまでにもまして陽に焼け、ひとまわりたくましくなって帰ってきた。

「母上。留守をお守りくださり、かたじけのうござりました」

まずは母に挨拶をした上で、巴に労りの目をむける。

「こたびは惜しゅうござったのう」

「わらわがついていながら、気の毒なことをしてしもうた。許してたもれ」

「いいえ。姑上にはこれ以上できぬほどお気をくばっていただきました。ややこのことはひとえにわらわが落ち度、なにとぞお許しくださいまし」

義盛の母と巴は同時に手をついた。

義盛はすかさず手を上げさせる。

「ようあることじゃ。災難とおもうて忘れればよい。母上にも、巴にも、こうしてふたたび相まみえることができた。それだけでも果報とおもわねばならぬ」

このたびの戦では身方からも多数の犠牲者をだしている。あまりに長い戦に飽き飽きして、義盛が鎌倉へ引きかえそうとしたという話も聞こえていた。やっとのことで館へ帰った義盛には、流産した子の死を悼むより安堵のほうが大きいのだろう。

その義盛も、平氏一族の最期の様子を語るときだけは、にわかに眉を曇らせた。

「勝敗は時の運、というても、追いつめられた平氏に勝ち目はござりませなんだ。最後までよう戦い、女子供まで潔う散っていかれた。さすがは相国清盛の末、敵ながらあっぱれにござりました」

義盛の母は戦の話を事細かに聞きたがった。が、巴は辟易していた。昔の巴なら戦と聞いただけで目をかがやかせたものだ。じっとしていられなくなって尻を浮かせていたかもしれない。

今は耳をふさぎたかった。滅びゆく平氏が、おなじく敗戦の将である義仲や幼くして成敗された義高の姿と重なっている。

それにしても……と、巴は袖のなかで手をにぎりしめた。源氏と平氏は宿敵である。

積年の怨みを晴らすのは当然のなりゆきで、戦は起こるべくして起こったといってよい。

けれど、義仲はどうか。頼朝とは、源氏同士の、いわば内輪揉めだった。どうせ散るなら平氏に討たれたかったと、義仲は草葉の陰で歯ぎしりをしているのではないか。

「大戦が終わった。これで当分は安泰じゃな」

満足のなかにわずかながら物足りなさをにじませて、義盛の母がいう。

すると義盛は顔をゆがめた。

「で、あればようござりまするが……」

「また戦があるとでも……次なる相手はどこのどいつじゃ」

母は身を乗りだしている。

「戦とまでは……ま、なんだかんだと揉め事は尽きませぬ。火種だらけにござるよ」

とりわけ危ういのは平氏討伐でめざましい働きをした源義経で、颯爽たる若武者の手柄をやっかむ者が少なからずいるという。そのため、頼朝まで懐疑心を抱きはじめているとやら。

「義経……おお、あの義経さまか。鎌倉でもたいそうな評判じゃった」

「それゆえ、出る杭は打たれる……」

「じゃが義経さまは殿さまの御弟君であらせられるぞ」

「いかにも。しかし身内だからというて敵にならぬとはかぎりませぬ。いや、身内なればこそ、争う場合もままございます」

むろん義盛は、義経と頼朝の不仲ばかりでなく、義仲と頼朝の争いについてもいっているのだろう。義盛と巴は目を合わせる。

義盛の母と共に再会を喜び合ったこの席で、巴はほとんど口を利かなかった。が、その夜、寝所で夫と二人きりになったときは別人のようだった。長い不在を埋め合わせようと激しく求めてきた義盛に同等の熱意で応えたばかりか、体が離れるや、この何日か考えていたことをためらいもなく口にした。きりりとした口調は、たった今、息も絶え絶えに喘いでいた女とはおもえない。

「横山家におられる小太郎どのを、わが手で仕込みとうございます」

不意打ちを食らって、義盛は目をみはった。

弓矢自慢の義盛は、こたびの決戦の際、自分の名を記した矢をはるかかなたの平氏方へ射込んでみせたという。鼻高々でいたところが、その矢をあっさり射返された。自分に匹敵する弓矢の名人が敵方にもいると知ったときのおどろきたるや……。

巴の言葉は、それに勝るとも劣らぬおどろきだったようである。

巴は平然とつづけた。

「これからも戦は起こりましょう。いえ、戦があろうとなかろうと、和田家の嫡男は鎌倉一の勇者にお育てせねばなりませぬ」

　自分自身を、家族を、一族を、守るには力が必要だ。どんなに財があろうと知恵があろうと、弱きは強きに斃(たお)される。もとより儚い命なればこそ、自らの手で守りきる覚悟が大切だ。

　義盛は視線を泳がせた。

「知っておったか。しかし、まだ嫡男と決めたわけでは……」

「お館さまの御幼名である小太郎と名づけたは、嫡男になさろうとのお心づもりとお見うけいたしました。あのお子は面構えもたのもしゅうございます。鍛え上げれば勇猛な武将になりましょう」

「だが、母者(ははじゃ)が……」

「わらわがお育てするのです。姑上(ははうえ)も否とは仰(おお)せになられますまい」

「しかし……もしこの先、そなたに子が生まれたら……」

「小太郎どのの片腕となって働くよう、しかと育てます。わらわの兄たちもそうでした。兄弟が力を合わせて家を守る。これからの世はさようにあらねばなりませぬ。身内が争うているような家は、いつか必ず滅びましょう」

　身内の義仲を斬りすて、今また異母弟の義経に不審の目をむけようとしている頼朝への痛烈な非難を、巴は吐露したつもりだった。が、義盛はそれについてはなにもいわず、じっと考えこんでいる。

「許すと仰せくださいまし」

「それは、まあ……」

「わらわも当家の御ためにお役に立ちとうございます」

それが、ここ数日、考えていたことの結論だった。義高のために奔走し、自分の命を救い、こうして愛しんでくれている義盛に自分ができる恩返し――それは和田家のために勇者を育てることである。その仕事を成し終えたなら、ふたたび巴御前にもどって、義仲と義高の菩提を弔おう……。

巴の真摯なまなざしを見て、義盛はようやくうなずいた。

「そなたがそれでよいと申すのなら……うむ、おれも異存はない。好きにせよ」

「ありがとうございます」

巴は両手をついた。

「さすれば早速、小太郎、いえ、お子たちをこちらへ呼びまする。そうじゃ。明日にも使いをだしとうございます。よろしゅうございましょうか」

「明日とは気の早い。なにもさように急がずとも……」

「いいえ、戦では先手を打つが勝ち、一瞬の迷いが敗北をまねきます」

巴は久々に心が浮き立ってくるのを感じていた。

女武者として戦う気はもうない。といって、このまま喪失感にひたっているだけでは、生き延びた甲斐がない。昔のように――気弱な義仲を剛気な武将に育てたように――義盛の子らを鍛え、第二第三の義仲を育てる。それは、義盛への恩返しというだけでなく、自分自身の活力ともなるはずだ。

自らのおもいつきに満足して、巴は眠りに就こうとした。だが、まだ眠らせてはもらえなかった。今一度挑みかかってきた義盛の熱意にほだされて、巴も血を滾らせる。ひとたび戦いとなれば、なんであれ、巴は死闘のかぎりを尽くすことにしていた。

大津宿　元禄五年（一六九二）

縁側から身を乗りだして、智は米を撒いている。

一羽、また一羽と雀が集まってきた。なかに一羽、育ちきらない子雀がいて、餌を食べそこねたようだ。催促するつもりか、縁側へひょいと飛び乗る。小首をかしげ、丸い目で智の顔を見上げた。

「まぁ、またおまえですか。元気にしていましたか」

智は米を投げてやった。子雀がせっかちについばむのを見て目尻を下げる。

この子雀が智を怖がらないのは、理由があった。怪我をして迷いこんだ子雀を、智はしばらくのあいだ介抱し、餌を与えていたのだ。子雀はすっかりなついて、智の手のひらで餌をついばんだり、膝の上で眠ったりするようになった。

籠の鳥にはしたくない――。

元気になった小鳥を空へ放してやったのは数日前だ。どこでどう暮らしているのか、それからもときおり舞いもどっては餌をせがむ。

真っ黒な烏や瑠璃色のルリビタキとはちがう素朴でつましい雀の姿が、ふっとなつかしい面影を呼びさました。

「芭蕉はん、お達者にしてはりまっしゃろか……」

智は子雀にむけていた視線を、庭木の梢の上方へ移した。

芭蕉が江戸へ帰って、一年近い月日がたっている。筆まめな芭蕉は近江の門人たち――とりわけ親交の深かった曲水や洒堂、正秀、智と又七母子――にしばしば文を送ってきた。そこには近江への郷愁が書き添えられていたが、そうはいっても江戸は遠いので、郷里の伊賀や京大坂に滞在していたときほどひんぱんに、とはいかない。

持病の痔疾に悩まされてはいまいか、着物のほころびを繕う人がなくて困っているのではないか、心配は尽きない。来年は五十に手がとどく芭蕉であれば、軽い風邪や食あたりでも大病になりかねなかった。

なんとしても、近江へもどってきてもらわなければ……。そのためにはまず健康、足腰も丈夫でいてもらわなければならない。

「どうか、芭蕉はんが息災でいやはるよう、おたのみ申します」

この一年、智は三日にあげず義仲寺へ出かけ、木曾塚と巴塚に祈ってきた。もう若くはない智にとってこれは容易なことではなかったが、反面、生きる張り合いにもなっている。

「彼岸にも来よ杖いらぬ友すずめ」

芭蕉宛の文に記したばかりの、できたてほやほやの俳諧を口ずさんで、智は庭に視線をもどした。餌がなくなったので、雀の姿はない。

もう少し餌をやろうかと米を入れた布袋を引きよせたとき、子供たちの声が聞こえた。又七の子、彦太郎を先頭に、遊び仲間の数人が元気よく駆けてくる。

「お祖母さま、米をください」

「なににつかうんどすか」

「雀を獲るのです。ほら、これで」

かかげて見せたのは伏籠だ。紐をつけた竹でつっかい棒をして、籠の片側を持ち上げる。なかに米を撒いておき、雀が食べにきたら紐を引っぱって籠を伏せる。だれもが知っている雀の獲り方である。

「上手に獲って、お祖母さまに差し上げます」

子供たちは自信満々である。無邪気な顔にうしろめたさはみじんもない。

雀はさほど賢くないそうだから、今ここで仲間が捕らわれても、智が餌を撒けばまた集まってくるはずだ。

子供が雀を捕らえるのは遊び、子供に遊びは欠かせない。生きる知恵を身につける訓練でもある。

おやめなさい、などというつもりはさらさらなかった。そうはいっても――。

「あれ、残念やねえ。米はぜんぶ撒いてしまいました。それになぁ、この庭へやってくる雀はもうお腹がいっぱいやさかい、どのみち餌には見むきもせえしまへんえ」

菓子を与え、どこか他のところで遊んでおいではれといいきかせる。子供たちは機嫌よく駆け去った。

智は安堵(あんど)の息をつく。

雀を獲るところを見たくないのは、あの子雀がいちばん先に罠(わな)にひっかかりそうな気がしたからだ。

けれど、それだけではない。

「彼岸にも、来よ……」

鳥は、なにものにも、捕らわれてはならぬと智はおもった。大空を自在に翔(か)けてこその鳥、旅こそが、鳥の住処なのだから。

大津・義仲寺　元禄七年（一六九四）

――そんなあほな、夢でも見はったんやおまへんか。

そういって首を横にふる人がいたら、智は反論などせず、あきらめの微笑を返したにちがいない。こういうことは説明をしてわかるものではないし、言葉にすればするほど真実味が薄れてしまうものだから。

芭蕉が江戸へ帰って二年の余、三度目の正月を終えて小正月もすぎたある日、智は巴と邂逅した。時刻は夕暮れどき、場所は義仲寺の木曾塚。

むろん、相手が巴と名乗ったわけではない。それらしい素振りもなかった。そもそも五百年も前に生きていた女が目の前にあらわれるはずがない。一笑に付されて当然である。

けれど、巴御前が晩年、木曾義仲の墓守をしてこの地で死んだという巴塚にまつわる伝承が真実なら、巴御前の魂がいまだ寺内をさまよっていてもおかしくない。木曾塚の前に落ちていた櫛こそ、そのなによりの証ではないか。

新春のその日は、薄陽が射したかとおもえばさっと曇る、いくらもしないうちにまた太陽が顔を出す、といった変わりやすい天気だった。

降ってこんうちに——。

ほんとうはもっと早く出かけたかったのに、来客があって、家を出るのが遅くなってしまった。

「明日にしてはどないどすか。今日やなければあかん、いうわけやなし」

「そうおしやす。まだ日も短こおす。すぐに暗うなってしまいますえ」

又七夫婦には引きとめられたが、智は下僕を連れ、強引に出てきてしまった。なぜか胸が逸って、居ても立ってもいられない。

巴はんが呼んではる——。

そんな気がしている。

「あんたはここで待っとってや」

下僕を門前に待たせて、寺門をくぐった。

気まぐれな太陽は、雲間に隠れたまま、早くも地平へ逃げこもうとしている。かわりにいずこからともなく湧きだした靄で、義仲寺は灰白色に煙っていた。

境内に人影はない。

智はいつものように巴塚に詣でた。膝を折り、ねんごろに両手を合わせて、芭蕉の息災と巴の魂の平安を祈願する。

つづいて木曾塚に詣でようと、腰を上げたときだった。

智は棒立ちになる。

「巴、御前はん……」

木曾塚の前に尼姿の女がいた。だれもいないとおもったのに、いつ、どこからあらわれたのか。

尼は智と同年配のように見えた。そういえば、芭蕉とこの場所ではじめて会ったとき、芭蕉は智を巴御前とまちがえた。智も今、自分の分身を見ているような気がしている。

寺の留守居の妻女は、智とよく似た尼を見たといっていた。幻であれ現身であれ、この女がその尼だろう。

よく見れば、尼頭巾から衣の裾まで砂にまみれていた。遠方から歩いてきたのか。汚れてはいても、みすぼらしくはなかった。二藍の小袖には由緒ありげな笹竜胆の家紋が縫いこまれているし、色白の細面も品よくととのって、なによりたたずまいにえもいわれぬ気品が感じられる。塚の前にしゃがんで両手を合わせている姿は、木の下闇に咲く白百合のようだ。

見惚れていると、尼が顔を上げた。その目がぴたりと智の視線をとらえる。切れ長の澄んだ双眸は、同年配ではないかという智の憶測をくつがえすほど若々しく、しかも眼光は対峙する者の目を射貫かんばかりに鋭かった。

智はおどろきのあまり息を呑む。

尼が口を開いた。

「蹄の音を聞きましたか」

穏やかだが意志の強そうな声である。

智は「え？」と聞き返した。なんのことか、とっさにはわからない。

尼は裾を払って立ち上がった。背丈も智と似たり寄ったりだが、背筋をぴんと伸ばした立ち姿は凛として力強い。

「木曾義仲さまは宇治川の戦いで敗れ、この先の粟津にて討ち果たされました」

尼は塚に視線をもどした。

「どなたさまが建立してくださったか、立派な塚ができて、義仲さまもさぞやお喜びでしょう」

智はようやくわれに返った。

「尼御前はんは、いずこより、お越しにならはりましたんどすか」

尼が幻なら、話しかけたとたんに消えてしまうかもしれない。ためらいがちに訊ねたところが、

「安房国より参りました」

と、尼は即答した。

「安房……それはまぁ、遠いところから――」

安房国は江戸より東だと聞いている。が、正直なところ、智にはどんなところか、想像もつかなかった。少なくとも現世のどこかで、黄泉の国ではないらしい。

「お近くに、お泊まりどすか」

もう一度、訊ねてみた。

尼は少々おどろいたように智を見返した。

「かねて木曾塚に詣でたいと願うていました。子らを育て上げて母の役目を果たし、先だっては夫もみまかりました。この歳になって、ようよう旅に出ることができましてございます」

「それで、義仲寺へ……」

「はい。縁の寺ゆえ」

尼はその場を立ち去りかねているようだった。智が木曾塚へ詣でるのをながめている。

合わせていた手をほどいたあと、智はふとおもいついて尼を無名庵へ誘った。玄関から入る手間をはぶいて塚の裏手の濡れ縁に腰をかけると、尼も並んで腰を下ろした。

「お子さんがいやはるんどすか。よろしゅおすなぁ」

「腹を痛めた子は死んでしまいましたが、養子が何人か……」

「うちもおなじどす。もっとも、うちが養子にしたのは弟で、ほんまのことというと、腹を痛めた子ぉどす」

　なぜ初対面の尼にそんなことをいったのか。それはともかく、突然そんな話を聞いたら、けげんな顔をしそうなものだ。だが、尼は表情を変えなかった。当たり前の顔で智の話に耳を傾けている。

　自分でもふしぎなことに、智は尼に身の上話を聞いてもらいたくなった。

「実は事情があったんどす。ややこを育てられんわけが……」

　尼は淡い微笑を浮かべた。

「それならおなじにございます」

「え？　尼御前はんも？」

「一人は流産ですが、もう一人は他家へやったばかりに死なせてしまいました」

「それはまぁ……お気の毒な……。わが子と引きはなされて、尼御前はんもさぞや身を裂かれるおもいどしたやろなぁ」

「宿命（さだめ）ゆえ、いたしかたありませぬ」

「それはそうどすけど……」

「儚い命と嘆き悲しんだこともありますが、今はちがいます。命は消えませぬ」

似たようなことを、たしか芭蕉もいっていたような……。

「そうやわ。尼御前はんのいわはるとおりどす」

智は芭蕉の顔をおもいだしている。

「うちも辛いことばかりつづいて……さっきいうた子とも上手いこといかんようになってもうて……けど、芭蕉はんと知り合うてから、なんやら楽しゅうなったんどす。そしたら少しずつ、ええほうにむこうて……」

「芭蕉はん……」

「聞いたことおまへんか。俳諧の宗匠はんどす」

尼は芭蕉の名どころか俳諧も知らないようだった。智は芭蕉の俳諧をいくつか諳んじてみせる。

「それは歌の上の句にございますね」

尼は小首をかしげて考えこむ仕草をした。そんなおかしなものより、和歌のほうがよいといいたかったのか、

「限りなき思ひのままに夜も来む　夢路をさへに人はとがめじ」

と、唐突に一首諳んじた。

「おや、小野小町はんどすなぁ。ほんならうちも……夢路には足もやすめず通へども

現に一目見し如はあらず」

　人に咎められぬよう夢のなかで逢いに行きましょう、と尼が詠じれば、どれほど夢で通っても実際にお目にかかることにはかないません、と智も詠じる。どちらも小野小町の恋の歌で、想う人になんとしても逢いたいという切実な気持ちを謳っている。

「小町はんは絶世の美女やったそうどすなぁ」

「深草少将を袖にしたために気位の高い冷たい女だといわれていますが、そんなことはないとおもいますよ。心底好いたお方を一途におもいつづける。可愛らしいお人だったのではありませぬか」

「うちもそうおもいます。そうや、小町はんも晩年は旅をしやはったとか」

「のたれ死んで路傍の髑髏になった、ともいわれていますね」

「その髑髏の眼窩から薄が生え出る……因果な話どすなぁ」

「そうでしょうか。旅の空で最期を迎えるなんてお幸せではありませぬか」

　尼がいったとき、雲間から陽が射した。昼の陽射しとちがって橙色に燃えている。

　智は刹那、残光のなかに芭蕉の旅姿を見た。遠ざかってゆく背中をなすすべもなく見送る自分の姿も見えたような……。

「旅で死ぬ、いうことは、だれにも看取られず、孤独のうちに息をひきとることどっしゃろ。いややわ、そんな寂しい……」

むきになっていうと、尼はじっと智の目を見つめた。

「どこで死のうが、だれに看取られようが、かわりはありませぬ。おびただしい数の死を見て参りましたが、寂しくない死など、あったためしがありませぬ」

尼はきっぱりいう。と、すぐに表情を和らげた。

「路傍の髑髏はただの物、魂は別のところにあります。そうおもえば、寂しくはないでしょう」

「そうどすけど……」

「つまらぬことを申しました」

尼は軽く頭を下げた。おもむろに立ち上がる。

「そろそろ帰らなければ……」

智もはっと腰を浮かせた。

「もし、あのう……お宿をお探しやったら、うちへいらしてはいかがどすか。河合屋いうて、街道筋で人馬継問屋のお商売をしてまっさかい、お好きなだけお泊まりいただいてもかめしまへん」

もっと話をしたいとおもったのだが……。

尼はもう一度、お辞儀をすると、なにもいわずに歩きはじめる。

「あ、お待ちをッ。ひとつ……ひとつ、お訊きしとおす。尼御前はんはもしや……もしや……塚の前に櫛(くし)を落とさはったんやおまへんか」

　櫛は巴塚のかたわらに埋めてある。智も芭蕉も、年代物のその櫛を巴御前の持ち物にちがいないと確信していた。もし目の前の尼が櫛の持ち主なら、おもったとおり、この尼こそ巴御前にちがいない。

　尼は足を止めた。が、一瞬のちにはまた歩きだしていた。智の問いかけが尼の耳に聞こえたかどうかはわからない。

　智は追いかけて行こうとした。尼は歳に似合わず健脚のようだが、とはいえ追いつけないほど早足ではなかった。行く手をふさいで、名と行き先を訊(たず)ねればよい。それができなければ、下僕にあとをつけさせてみようか。

　実際は、そのどれもしなかった。

　なぜか、わからない。智は自分の意に反してのろのろと立ち上がり、暮色にそまった靄(もや)をかきわけるように門前へ出た。

　下僕は半纏(はんてん)を尻(しり)まくりして、門柱のかたわらの地べたにしゃがみこんでいた。主(あるじ)を見るや、吸っていた煙管(きせる)の灰を落としてふところにしまう。

「へい、お帰りで」

　智は上の空でうなずき、道の左右を見た。

「たった今、出ておいでた尼御前はんやけど、どっちへ行かはったんや」

「尼御前はん……」

下僕はきょとんとしている。

「どなたも出てきやはりまへん」

「そんなはずおへん。今や、今。うちとよう似た年格好の……。いややなぁ、居眠りでもしてたんやないか」

「してまへん、してまへん。ほれ、煙管吸うてましたさかい……」

門から人が出てくればわかるはずだと、下僕は頑としてゆずらなかった。路上でいい合ってもはじまらない。

尼は門の方へ歩いて行ったように見えたが、それでは門ではなく、別のところから出て行ったのかもしれない。寺の境内なら、どこかに別の出入り口があるとも考えられる。

智は帰路についた。道々、思案する。

身振りや口振りは生身の女のようだった。短い会話の中身にも不自然なところはなかった。鄙(ひな)の妻女が芭蕉や俳諧を知らなくてもふしぎはない。

それでもなお、尼が巴御前だという考えは変わらなかった。下僕の話を聞いた今は、ますますそのおもいが強くなっている。そう、やはり最初に見たときの直感は当たっていたのではないか。

家に帰り着く頃にはすっかり陽が落ちて、あたりは闇につつまれていた。

「遅おしたなぁ。心配しましたえ」

「お母はんは勝手なお人やなぁ。いっつも夕餉に遅れたらあかん、いうくせに、自分が遅れてはるわ」

「すまんすまん、堪忍や」

又七夫婦も孫たちも案じ顔で待っていた。夕餉をとり、しばらく談笑をする。巴御前の話はしなかった。

離れの座敷へもどるや、智は文机にむかう。眠りに就く前にひとつ、俳諧をつくった。

さぞ小町われも因果な姥桜

大津宿　同年

この季節、朝晩は肌寒い。

義仲寺へ出かけた翌日、智は高熱をだした。

「お母はん、自分をいったいいくつとおもうてはるんや。無茶しはるさかい、風邪ひいてもうたんどっせ」

又七は母を叱った。が、それも最初だけ。熱が一気に上がったと知るや、青くなって医者だ薬だと騒ぎたてる。

これまで智は、重い病に罹ったことがなかった。華奢な体に似合わず丈夫で、夫が長患いをしているときも、その夫が亡くなったあとも、ざわざわと忙しい人馬継問屋の帳場に座って店を切り盛りしてきた。

又七はそんな母の姿しか見ていない。熱で顔を赤らめ苦しげに眉をひそめている智を見れば、動転するのも無理はない。

智は数日、夢幻のなかをさまよっていた。意識はあったが、目を開くことさえ億劫で、ひたすら眠りつづけている。夢のなかに出てくるのは、内裏だったり嵯峨野の山荘だったり無名庵だったり幻住庵だったり……赤子が泣いていたかとおもえば芭蕉の笑顔、それが亡夫の顔になり又七になり孫の顔になる。すべてが断片的で、脈絡なく浮かんでは消えてゆく。

いちばん鮮明な姿で、しかもたびたびあらわれたのは、木曾塚の前で出会った尼だった。尼は木篦のようなもので地面を掘っている。

そこやおへん、そっちゃ、そうやない、もっと右、右いうてまっしゃろ……。

智が指を差して教えているのに、その声は尼の耳にとどかない。

寝込んで三日目のその日も、智はじれったいおもいで尼のすることをながめていた。

と、頭上で男の声がした。

「お母はんッ。お母はんッ。どないしはったんどすかッ。しっかりしとくれやす」

うなされていたらしい。

「あ、お母はん……お目を開かはった……」

智はぼんやりと又七の顔を見返した。

「どうや、見えてはりますか。又七どす。お母はんがうなされてはったんで、おそばについてましたんや。なんやわるい夢、見てはったようやなぁ」

「わるい、夢……」

「そうや。熱が高うて、みな心配してましたえ」

又七はいいながら片手を伸ばした。

智は、息子の手のひらが自分の額に当てられるのを感じた。

「あ、少し下がったみたいや。よかったなぁ。昨夜はどうなることかと、ほんまに、生きた心地もしまへんどした」

「又七、あんた、ずっと看病してくれたんか」

智は、幻住庵で芭蕉を看病したときのことをおもいだしていた。生死の境をさまよっていたあの夜の不安と苦悶、そして翌朝の、熱が下がったときの迸るような歓喜――。

唇の両端を少しだけ上げた。

「みんなに心配、かけて、もうたなぁ」

「そんなことはええのんどす。それより、薬、飲まんと……。喉が渇いたやろ、水も飲もか。そうや、佳江に体拭いてもらわんと……」

又七は早くも出てゆこうとしている。

「又七」

「へえ」

「待ちなはれ。ちょっと、だけ、そこに座っとっておくれやす」

「けど……」

「ええから、話が、あるのや」

うなずきはしたものの、又七は不服そうな顔だ。熱が少し下がったといっても重い病が治ったわけではない。なにもこんなときに……とおもっているのだろう。

こんなときだからこそ、智は口を開く気になったのだった。たった今、正気にもどって又七の顔を見たとき、心を決めた。生涯、隠しとおすつもりでいたけれど、そのことがいつも胸にひっかかっていた。

そう。話すなら今だ。埋めた櫛を掘りだすのは今しかない。

又七の目をまっすぐに見つめた。

「いわんでおこ、おもうたんやけど、やっぱし、あかんわ。な、ここだけの話にしてや。胸にしまって、だれにも、いうたら、あきまへんえ」

又七は真剣な顔でうなずく。

「あんたの父親のことやけど、ほんまはな、内裏の、いっとう偉い、お方どす」

又七はけげんな顔をしている。

「わからんようやねえ。ええか。うちが、内裏づとめをしてたことは、聞いてまっしゃろ。帝のお情けをうけてあんたをさずかったんや。嵯峨野で産んだのも、あんたを置き去りにして大津へ来たのも、わけがおます。しとうてしたことやおへん」

智は、当時の内裏の不穏な状況を話して聞かせた。なぜ懐妊を公にできなかったか、なぜわが子を自分の手で育てることが許されなかったか。

「毒殺……された……」

「証がないさかい、はっきりとはいえん。せやけど、うちはそうおもうてます。あんたの身を守るには別れて、嫁ぐしかなかった。これは内裏からのお達しやったんどす」

又七は言葉を失っているようだった。長い打ち明け話を終えて荒い息をついている母に気づき、横をむかせて背中をさする。さすっているうちに心が落ち着いてきたようだ。

「お母はんには申しわけないことしてもうたなぁ。もっと早うわかってたら……」

「申しわけないのはこっちや」

「そうやおへん。お母はんは華やかな内裏で恋にうつつをぬかし、父なし子を産まはった。せやけど世間体もある、嫁ぐにもさしつかえる、それでお祖母はんに押しつけて遠くへ逃げたんやとおもうてました。しかも、自分の都合で呼びよせて、したくもない商いをさせはったんやと。京にいたら、のんびり詩やら歌やら俳諧やらにひたっていられたのに……」

「それで怨んでたんやね。あんたはお商売、嫌うてたさかい」

「今は商いのおもしろさもわかるようになりました。芭蕉はんにも叱られて……」

「なんて叱られたんどすか」

「商売かて俳諧かて、なんでも精魂かたむけてやらなあかん。片方でも手ぇ抜くような者はどっちも一人前になれん、いわはりました。それから……お母はんを怨んだらあかん、お母はんは、けんめいに生きてきたお人や、いわはって……」

智はわれ知らず胸に手を当てていた。芭蕉をおもい、ありがたさと恋しさとなつかしさで胸が痛くなったからだが、又七はそれを別の意味だと勘ちがいした。

「ほらみ、お母はんッ、話しすぎや。ぶりかえしたらどないしはるんどすか」

又七は智の口をふさぐまねをした。あわてて出てゆこうとする。

「又七、今のこと……」

智は片手を伸ばした。又七がその手をにぎる。

「口が裂けてもいわんさかい、安心しとくれやす。それに、もう、これっぽっちも怨んでなんかおへん」

母の手を夜具のなかへ押しこんで、又七はその上からぽんぽんと叩く。

又七が席を立つや、智の目尻から涙がこぼれ落ちた。

十

大津宿　元禄七年（一六九四）

新緑と薫風の季節である。

卯月曇のその日、智は人馬継問屋の裏手にある自宅に、めずらしく客を迎えていた。近江の蕉門の要、曲翠（曲水あらため）と正秀だ。二人とも膳所藩士で、双方が非番の日に連れだってやってきた。

新春に風邪をこじらせた智は、又七夫婦の至れり尽くせりの看病のおかげで病も癒え、今はまた家業の手伝いや孫たちの手習いの指導、なにより俳諧に精力的にとりくんでいる。芭蕉の噂話ができる相手ならだれでも大歓迎……というわけで、いそいそと茶菓の仕度をした。

「智月尼どのにはたまげてござるよ。大病をされたとうかごうたが、以前よりお若うなられたようじゃ」

曲翠にいわれて、智は心持ちふっくらとした頰をほころばせた。

「お愛想はいりまへんさかい、もったいぶらんと聞かせておくれやす。宗匠はんから、お文がおましたんやおへんか」

あと十以上若ければ、もし尼でなければ、こんなふうに芭蕉の話をせがむわけにはいかなかった。この歳になればもう、色恋沙汰とおもわれる心配はない。

「いや、このところは……」

「こっちこそ、智月はんにうかがいとうて参ったんや」

正秀は膝を乗りだした。乙州から知らせはないかと訊かれて、智は首を横にふる。

「便りはおました。おましたけど、宗匠はんは持病がようなったら出立する、いわはるだけやそうどす。いつとは書いておまへんどした」

「なんや、そろそろこっちへむこうてはるころかとおもうたんやけどなぁ」

「二月にもろうた文には、年内、とござった。ま、あとのこともある、出立までにはあれこれ手間がかかるのだろう。それにつけても、乙州が江戸におるゆえ心強いのう。こっちは江戸勤番が終わればいやでも帰らねばならぬ身、昨秋、帰国するときも、うしろ髪ひかれるおもいにござったが……」

武士はままならぬと、曲翠は顔をしかめた。

乙州こと、又七は、母の病が快癒するのを見とどけたのち江戸へ出かけた。仕事があったからだが、それにかこつけて芭蕉を見舞い、近江への再訪をうながす役割も担っていた。芭蕉のために新築した無名庵へ一日も早く帰ってほしいというのは、近江の門弟たちの願いである。

「うしろ髪ひかれるいうのは、なにか気がかりがおましたんどすか」

智は案じ顔になった。

「昨年は苦労のしどおしにござったゆえ、出立が遅れておるのやもしれぬ。桃印が亡うなった、門を閉ざして蟄居した、それにほれ、洒堂のことも……」

曲翠が指折り数えると、正秀は首をすくめる。

「ほんまに、よほど心細いおもいをしてはりましたんやろなぁ。こっちも無沙汰してもうて、えろう心配させてしもうたようで……」

芭蕉は持病が悪化して、昨年の七月中旬から八月中旬まで庵の戸を閉めきって、だれにも会おうとしなかったという。そのせいもあってか、にわかに心細くなったようだ。以来、音信の途絶えた門弟たちを気にかけ、さかんに消息を訊ねてくる。

その一人、洒堂には、たしかに礼を失する態度が多々あった。そのことも、芭蕉の心を波立たせる一因になっていたのかもしれない。

それにしても——。

智は、いついかなるときも飄々として、俳諧以外の俗事には恬淡としていた芭蕉の顔をおもいだしている。

心細い、などという言葉は、芭蕉らしくないとおもう。が、芭蕉も齢五十をすぎた。近ごろは持病だけでなく、足腰の衰えにも悩まされていると聞く。旅に生きる俳諧師にとってそれこそいちばんの酷な仕打ちで、郷里の伊賀上野へ、上方へ、近江へ、と逸る心をもてあまして焦躁がいらだちに変わったとしても、無理からぬことだろう。

とりわけ甥の桃印の死は、芭蕉を打ちのめしたようだった。

「桃印はん、まだお若うおしたのに……お寂しゅおすやろなぁ」

芭蕉は二十九のときに江戸へ出た。三十三のときにいったん帰郷して、十六歳だった桃印を伴って江戸へもどったと聞いている。それからは身近において愛しんできた。その桃印が胸の病を患い、昨年の晩春、三十半ばで死んでしまった。

「桃印はんには妻子がおましたんどすか」

「寿貞尼というお人が看病してござった」

「寿貞尼はん……」

はじめて聞く尼の名に、智は耳をそばだてる。

「同郷の縁者にあたる女性で、江戸でご亭主と死に別れてから、三人のお子ともども宗匠はんのもとへ身を寄せてたそうどす。宗匠はんが日本橋の小田原町に住んではったころはお身のまわりの世話をしてたそうどすけど、深川へ庵を結ばはってからは、桃印はんと暮らしてはったと聞いておます」

日本橋にいたころといえば、芭蕉は三十代か。そばに女性がいてもふしぎはないが、智は軽いおどろきをおぼえ、おもわず鳩尾に手をやっていた。

うちはなにも聞いてまへん――。

自分が知っている芭蕉は、初老の旅の俳諧師である。昔話は俳諧にまつわることばかりで、生身の男としての暮らしぶりについてはなにも知らない。

「ほんなら寿貞尼はんは、宗匠はんの甥御はんと所帯をもってはったんどすか」

尼だというだけでも、好奇心が高まる。

「そうやおへん。お歳かて、母子、とまではいきまへんけど、寿貞尼はんのほうが桃印はんより十四、五上やしな。もともと縁者やさかい、姉弟みたいなもんどしたんやろ。もっとも、男女のことは、端からはようわからんもので……」

正秀が聞き集めた話によれば、寿貞尼とは夫に死なれたあと髪を下ろしてからの呼び名で、芭蕉のもとへ身を寄せたときにはもう尼そぎ髪であったとか。幼子を抱えて困窮していた同郷の女を芭蕉が憐れみ、面倒をみてやったということらしい。

けれど一方で、門弟のなかには芭蕉の妾とおもいこんでいた者もいるという。それだけ親密に見えたわけで、男と女が何年もひとつ屋根の下に住んでいたなら、そうおもわれてもふしぎはなかった。

芭蕉が寿貞尼をどうおもっていたかはともかく、寿貞尼のほうはどうだったのか。自分のように敬慕していたのか、智は訊いてみたいとおもった。

「桃印はんが亡うならはって、寿貞尼はんはどないしはったんどすか」

「昨秋、われらが帰国するときは、桃印と暮らしていた家にお子たちと住んでござった。というのも、尼は体の具合がすぐれぬそうで寝たり起きたり、ま、看病疲れが出たのやもしれぬが、娘らが看病しておったようじゃ」

「閉居してはったときもそうどすけど、宗匠はんのお世話は、寿貞尼はんのお子の二郎兵衛がしてはったそうどす」

曲翠と正秀が代わる代わる答える。

「それやったら宗匠はん、なかなか江戸を離れられしまへんなぁ」

芭蕉には江戸の生活がある。智には想像もつかない暮らしだ。

自分が知る芭蕉は、芭蕉という人間のなかでどれほどの場所を占めているのか。

もっと若いときに出会っていれば──。

そうでないからこそ今の二人があるのだと一方では承知しながら、智は、この日も切ないため息をもらしていた。

大津宿　同年

この年は閏五月があった。

閏月の上旬、智のもとに吉報がとどいた。

芭蕉はんが帰らはった――。

先月二十八日、郷里の伊賀上野へ到着。桃印の法要などをすませて、目下、旅の疲れを癒していという。芭蕉は智に使いを寄こし、大津へ着いたら真っ先に逢いにゆくと伝えてきた。

智は歳も忘れて快哉を叫んでいる。

江戸にも大切な人がいたはずだ。それでも持病をおして旅に出たのは、それ以上に大切なものがこちらにあるからではないか。それを自分だとおもうほど厚顔でもなければ自惚れてもいないつもりだが、少なくとも上方に、近江に、大津に、義仲寺に……もっといえば木曾塚と巴塚のかたわらに立つ無名庵に、芭蕉を魅きつけてやまぬものがあるのはたしかだろう。

「たのむえ。宗匠はんのお好きなもん、片っ端から用意してや。ああっと、宗匠はんがおいでることは、だれにもいうたらあきまへんえ」

智は嫁の佳江（よしえ）に申しつけた。門弟に知られれば、首を長くして待ちわびている人々である、口から口へ伝わって、大挙して押しかけてくるにちがいない。ひと晩だけでいい、芭蕉と二人で再会を喜び合いたいと智は両手をもみあわせた。

又七はまだ江戸にいる。むろんそのことは芭蕉も承知しているはずだ。その上で真っ先に智の家を訪ねるというのだから、智とおなじように、芭蕉も二人きりで語り合って逢えなかった歳月を埋めたいとおもっているにちがいない。

佳江にからかわれても、智はへいちゃらだった。

「お姑（かあ）はんてば、まるで小娘みたいどすえ、そわそわしやはって」

「ほんまに小娘みたいな気分やもの。宗匠はんがおいでても、あんた、うちらの恋路のじゃませんといてや」

平然といいかえせるのも年の功。

三年近くも逢えなかった。もう二度と逢えぬのではないかと半ば覚悟していた。二人の年齢をおもえば当然である。芭蕉は病持ち、自分も新春に大病をした。再会はまさに奇跡のようなもの、木曾義仲（よしなか）と巴御前の慈悲深いはからいかもしれない。それなら、もはや、なにに遠慮があろうか。どうせ老い先の短い身だ、他人になんとおもわれようが気にかけることはない。

芭蕉は、山城国加茂の縁者宅で一泊したのち、十七日の午後、智の家へやってきた。江戸でも身のまわりの世話をさせていたという、寿貞尼の息子の二郎兵衛を供に連れている。

「足腰が萎えてしもうてのう、休み休み、ようやっとたどりついてござるよ」

智の顔を見て眩しそうに瞬きをした芭蕉は、自嘲とも照れ笑いともつかぬ顔で盆の窪に手をやった。久しく見ないあいだにまたひとまわり小さくなったようで、やつれがきわだっている。

それでも智は、芭蕉のまなざしに、以前と変わらぬ若やぎを見た。それが智と再会した喜びによるものか、それとも、俳諧への尽きない探求心や、俳諧にこめられた反骨精神によるものか、そこまでは判断しかねるものの……。

「ご苦労はんどしたなぁ。けどうれしゅおす。首を長うしてお待ちしてましたさかい」

「はい。もういっぺん智月さんのお顔を見ぬうちは死ねぬと、それだけをおもうて歩きとおしました」

「あれ、お口が達者にならはりましたなぁ。お江戸仕込みどすか」

口を開けば、たちどころに逢えなかった月日が消えてゆく。親しみをこめてぽんぽんいい合うところを見れば、だれもが気のおけない身内の再会だとおもうにちがいない。二人の目のなかにあるものをよくよく見なければ。

「さ、早うあがっておくれやす。芭蕉はんのお顔、よう見とおす」

「はいはい。この顔でよろしければいくらでも」

智は女中に芭蕉の足を濯がせた。自分の座敷へ伴い、芭蕉が腰を下ろすまでぴたりと寄りそう。目を離せば消えてしまいそうで恐ろしかった。

二人はあらためてむき合った。

「智月さんはお別れしたときのままにござるのぅ。やはり巴御前さんの生まれ変わりに相違なし」

「お目がわるうならはったんやおまへんか。うちはほれ、しわがぎょうさんできました。巴御前はんはお歳をとらんのやし……あ、そうやわ、御前はんといえば……」

智は木曾塚を詣でたときに出会った尼をおもいだしていた。が、再会したばかりの芭蕉にいきなり絵空事のような話をするのもはばかられる。

「ああ、どこからお話ししましまひょ」

「日暮れまでにはまだ時があります。いや、夜も長うござるぞ。焦らず、ゆるゆると、語り合おうではござらぬか」

「へえ、そうどした。あのなぁ、芭蕉はんといると、すぐにまた旅に出てしまわはるんやないかと心配で、ほんでつい、あわててしまうんどす」

胸の前で両手を合わせていう智を、芭蕉は愛しさのこもった目でながめる。と、そのまなざしが一瞬、真剣味をおびた。

「そうそう、真っ先にいうておこう。これからはもう、心配は無用にござるよ」

「え？」

「江戸へは帰らぬ、と決めました」

智は目を瞬く。

芭蕉はついと手を伸ばして、智の手をとった。筆胼胝（ふでだこ）のある、ざらついた指が、血管の浮き出た白い手の甲をなでる。

「こたびは、近江に、骨を埋めるつもりで参りました」

「ほんま、どすか」

芭蕉はうなずいた。

「そうでなければ、ここにはおりません。無名庵を終（つい）の棲家（すみか）に……というても、このあと京大坂（おおさか）やら郷里やら、ま、まだ隠居暮らしというわけには参らぬが……」

大津にいれば、京大坂に上るのも帰郷するのも、さほど難儀ではない。老いゆく身には、無名庵を本拠地にするのが妥当な決断だろう。

「お江戸のほうはええんどすか」

「其角（きかく）がおります。甥（おい）の桃印が亡うなった今は、心のこりも失（の）うなりました」

「深川のお住まいは……」

「桃印の面倒をみてくれた尼に遺すことにしました」

諸々の手続きもあって出立が遅れたという。二度ともどらぬつもりなら、あと始末や挨拶まわりもねんごろにしてきたにちがいない。

　芭蕉のいう尼が数日前にはじめて聞いた寿貞尼のことだと、智にはすぐわかった。が、そのことにはふれなかった。あれこれせんさくして好奇心を満たす気にはなれない。

　いずれにせよ、寿貞尼は病がちだと聞いている。もし深い仲の女性なら、芭蕉は江戸に残って自ら看病をするはずではないか。ましてや、近江に骨を埋めるなどというはずがない。

「うれしゅおすなぁ。みんな大喜びしはりまっしゃろ。うちもせいぜい長生きして、芭蕉はんのお世話をさせてもらいまひょ」

「はい。智月さんに死に水をとってもらえば往生まちがいなし」

「なにいうてはりますのや。うちのが年上どすえ。いくらなんでも、芭蕉はんの死に水まではつきあえまへん」

「そいつは困った。あてにしてござったが……そのために老体に鞭打って参ったようなものにて……」

「いややわ。阿呆なことというてるひまがあったら、お江戸でつくらはった俳諧、教えとくれやす」

話は尽きない。

陽が傾き、半開きの障子を紅くそめて、そろそろ行灯に火を入れようかというころまで、二人は和やかに語り合った。

智が木曾塚で出会った尼の話をしたのは、佳江や孫たちをまじえて夕餉の馳走に舌鼓を打ち、智と佳江、芭蕉の三人でひとしきり歌仙を巻いたあとのことである。

佳江も近ごろは俳諧をたしなむようになり、荷月という俳号をもっている。

智はふたたび自分の座敷へ芭蕉を誘った。縁に並んで立待月をながめる。

「ほう、さようなことがござったか……いや、たしかに巴御前さんにござろう。でなければ、木曾塚ができて義仲公が喜ぶ、などというはずがありません」

「へえ。うちもそうおもいます。けど、だれにも話せまへんどした。気がふれたんやないかとおもわれそうで……」

芭蕉はうなずいた。

「おそらく御前さんは、義仲寺や巴塚にゆかりの人だけに見えるのでござろうよ。いや、智月さんに会いに参ったのやもしれません」

「うちに……なんでどすか」

「智月さんは長年、巴塚へ詣でておられた。先だっては大切な櫛を拾うてござる。御前さんは智月さんとの浅からぬ縁を感じて、どうしても会いとうなり、それで彼岸から会いにきた……と」

「尼はんは安房国からいらしたというてはりましたえ」

「安房……」

思案顔になった芭蕉は、一変、目をかがやかせた。

「おうおう、それならやはり御前さんにござろう」

「御前はんは鎌倉に下ったんやおまへんか。嘘か真か、和田なんとかいうお武士はんと夫婦にならはったいう話も聞いておます」

「はい。和田義盛は鎌倉の武将にて、平家討伐でも、その後の鎌倉幕府の内乱でも、たいそうな手柄を立てました。しかし源頼朝から頼家、さらに実朝と代わるうちに執権の北条家が力をつけた。和田一族は次第にけむたがられるようになり、反乱を起こすようにしむけられて、ついには鎌倉で挙兵し、幕府軍に討ち果たされたそうにござる」

和田合戦と呼ばれるこの戦で、義盛をはじめ和田一族は大半が討ち死にしたという。

「ほんなら御前はんもお命、落とさはったんどすか」

木曾冠者・源義仲の戦死につづき、二度目の夫まで戦で失うとは、巴御前はつくづく運のない女である。智は女武者の巴が義盛ともども戦で果てたのではないかとおもったのだが……。

「いいや。御前さんは安房国へ逃れたそうにて」

「安房国ッ」

「さよう。義盛には剛力で知られた三郎という倅がおりました。三郎は安房国の朝夷郡に領地があったため、朝比奈義秀と呼ばれておったそうで……。御前さんは生きのこった義秀に守られて天寿をまっとうしたとも、晩年、近江へ舞いもどったとも伝えられてござる」

智はしばし言葉を失っていた。

夜空は冴え渡っている。立待月はむかって右の端が少し欠けて、やさしげな女の顔をおもわせる。

「義秀はんのことやったんどすなぁ。尼はんは、ご自分のお子には死なれてもうたけど、ご養子はんがいるというてはりました」

「他にはどんな話をされましたかな、御前さんとは」

「無名庵の濡れ縁に並んで腰をかけて、うちは身の上話をしました。尼はんは黙って聞いてくれはった。そのうちに昔なじみといるような気になってもうて、又七のことや、俳諧のことや、そうやわ、小野小町はんのことも……」

「ほう、小野小町とはまた……」

「道端の髑髏から薄が生えてたいう話どす。尼はんは俳諧をご存じのうて、せやけど、小町はんのお歌はすらすらと……」

芭蕉はふぅーッと太い息を吐いた。

「秋風の吹くにつけてもあなめあなめ　小町とはいはじ薄生ひけり」

「そうやおへん。尼はんのは恋の歌どした」

「絶世の美女の小野小町は、自分の惚れた男を袖にして死に追いやったといわれています。路傍の髑髏になりはてたは、高慢な女ゆえの天罰、憐れな末路よと人は心得顔でいうてござるが、それはちとおかしゅうござるの。いずこで死のうがおなじこと、髑髏なぞ魂の抜けがらゆえ、憐れむことはありません」

「まぁ、尼はんも、そっくりおなじことをいわはりましたえ」

芭蕉はおどろいたふうもない。

「御前さんも長い旅をしてこられたゆえ」

感慨深げにつぶやいて、智の目をじっと見つめる。

「昨秋、桃印の死に打ちのめされ、病も高じて、ひと月ほど家にこもっておりました。その話はお聞き及びですかな」

「閉居のことやったら、へえ、聞いてます」

「あのときは、今度こそお陀仏だと覚悟しました。二度と旅には出られぬ、近江にゆけぬとおもうたら、無性にこう、胸が苦しゅうなって……幻住庵で死にかけたとき智月さんに助けてもろうた、そのことばかりがおもいだされてなりませなんだ」

「芭蕉はん……」

「それゆえ、ひたすら念じました。この身は朽ちても、せめて魂だけは望むところへ旅立ってくれ……と。幸いなことに、他人様に顔を見せられるほどまで回復して門戸を開いたときは、心が決まっていました。たとえ路傍で死して髑髏になろうとも、出立しよう、旅で死ぬなら本望と今さらながらおもうたのです」

智は、街道を黙々と歩く芭蕉の姿をおもい描いた。その姿は先だっての尼の旅姿に重なる。

「そうどしたか……。尼はん……巴御前はんも、きっとおんなしことをおもわはったんやわ。心ならずも鎌倉で再嫁し、お子たちを育てて、安房国で儚うなられた。せやけど魂は、もういっぺん義仲はんに逢いとうて、じっとしてはおれなんだのやおまへんか」

「まことに旅に出たのやもしれません。老いの身を励まし、皆が止めるのもふりきって出立した。どこぞで路傍の髑髏になったのやも……」

二人は口を閉ざしたまま、しばらく庭をながめた。月星の明かりにぼんやりと映しだされた庭は、髑髏の眼窩のように寂寞としている。

ややあって、芭蕉は智におもいのこもった目をむけた。

「帰るところがあるのはありがたいことにござるよ」

智も笑顔になった。

「待つお人がいるのも、うれしいことどすえ」

満ち足りた時間が、二人の上をさやさやと流れてゆく。

大津宿　同年

芭蕉は智の家に一泊して、翌十八日は膳所の曲翠宅へ宿を移した。曲翠の家に数日滞在したのちは、京の嵯峨にある落柿舎へむかうという。

このたびは、大仰に別れを惜しむこともなかった。

「されば、しばし出かけてござる」

「いつごろお帰りどすか」

「どんなに手間どうてもひと月はかかりません。来月の今ごろは無名庵で月を愛でてござろうよ」

ちょっとそこまで旅に出る弟を、玄関先で姉が見送るといった按配である。

芭蕉はこのところ『続猿蓑』の編纂にとりくんでいた。京では落柿舎の持ち主である去来の他、支考や惟然など門弟が待ちかねているはずである。

どこへいかはったかて忙しいお人やさかい――。

それでも俳諧への意欲が旺盛なら案ずることはないと、智はのんびりとかまえていた。なんといっても、芭蕉は自らこの近江を晩年の本拠地と定め、無名庵を終の棲家にすると宣言したのだ。これ以上、なにを望むことがあろうか。

芭蕉が京に滞在している六月九日、江戸にいる又七から文がとどいた。

文には、寿貞尼が二日に亡くなったと書かれていた。芭蕉にたのまれ、又七は深川の芭蕉庵で寝ついていた寿貞尼をときおり見舞っていたという。芭蕉のもとへは、寿貞尼母子の世話を託された芭蕉の甥の猪兵衛が、すでに知らせを送ったとも記されていた。

寿貞尼が胸を病んでいることは芭蕉も承知していた。それでも旅立ったのだ。この日がくることは覚悟していたにちがいない。そうはいっても……。

芭蕉はん、お辛おすやろなぁ――。

どんなかかわりかはともあれ、深い縁を結んだ女が、自分が旅立っていくらもしないうちに死んでしまった。こんなことなら出立を遅らせて看取ってやればよかったと、うしろめたいおもいにかられているのではないか。

　智はすぐさま筆をとり、悔やみの文をしたためた。が、芭蕉は返事を寄こす前に近江へ帰ってきた。旅の供に連れていた寿貞尼の息子、二郎兵衛を急遽、江戸へ帰し、かわりに支考と惟然を伴っている。

　一行は無名庵ではなく、膳所の曲翠宅で旅装を解いた。

　さぞや憔悴しているのではないか。智は下僕に香典を持たせて使いにやった。が、案に相違して、明晩は芭蕉を正客に夜遊びの宴を催すとのことで、曲翠宅はにぎわっていたという。

　宴は訃報に意気消沈している芭蕉の気を引きたてるために計画されたものだろう。又七がいればむろん駆けつけるはずだが、智はもう夜の宴には参加しないことにしていた。山道も厭わずに逢いにゆき、高熱にうかされる芭蕉を不眠で看病したあのときから四年余りの歳月が流れている。見かけは変わらないと世辞をいわれても、はじめから若くはない身に四年はずしりと重い。

　とはいえ芭蕉も、智の使いを手ぶらで帰しはしなかった。

「まぁ、うれしゅおすなぁ」

　芭蕉から手渡されたという紙片を、智は胸に抱きしめる。

　紙片には、芭蕉の字で、大津宿へ出かけた折は必ず立ち寄ると書かれていた。長いこと留守をしていたのでしばらくは俳席がつづきそうだが、そのあとは無名庵へ落ち着くつもりであること、そのときは共に木曾塚と巴塚に詣でて語りつくそう、できれば巴御前さんもまじえて……などと、冗談とも本気ともつかぬ芭蕉らしい文面である。

寿貞尼の死に打ちのめされているのではないかと気にかけていたが、少なくともその様子がないことに智は安堵した。縁ある女の死が悲しく辛い出来事だったことは事実としても、それは桃印の死のように後々まで引きずって芭蕉の俳諧への意欲を減退させ、日常をもむしばむほどのものではない、ということだ。

いややわ、寿貞尼はんに焼き餅やいてるみたいやわ――。

おなじように尼と呼ばれる身でありながら、智の知るべくもない親密な年月を芭蕉と共有してきた女の存在に、どうしても平静ではいられない。

芭蕉は、智に知らせてきたように、曲翠宅から無名庵へもどってからも近隣の門弟の家へ招かれ、しばしば俳席を催しているようだった。智の家は大津宿の街道沿いにある人馬継問屋だから、たいがいの噂は耳に入る。

そんなある朝。

「昨日は丹野はんとこへおいでにならはったそうどすえ」

佳江に教えられた。

丹野は俳名で、大津在住の能太夫、本間主馬のことである。では、さほど遠くもない丹野宅にいながら、こちらへは立ちよってくれなかったのか。

智は落胆した。持病のある芭蕉のこと、連日の俳席で体調をくずしたのかもしれない。それとも、取り巻きにかこまれて、抜けだす機会を逸してしまったか。あれこれ考えていると、佳江が短冊を持ってきた。丹野宅からたった今とどいたという。

「宗匠はんが、お姑はんに、いうて置いていかはったそうどす。二十一日には木節はんとこへおいでるそうで、そのときはお寄りする、いうてはったそうどすえ」

木節は大津在住の医師で、芭蕉の門弟である。

では、芭蕉は自分を忘れたわけではなかったのだ。そういえば昨夜は雷雨があった。足を伸ばすのは無理だと、やむなく断念したにちがいない。

智はおもわず両手を頬にあてていた。小娘のように胸が高鳴る自分がおかしくて、忍び笑いをもらしながら短冊をうけとる。

短冊には昨夜の俳席で詠んだものか、芭蕉自身の筆で俳諧が記されていた。

「稲妻や顔のところが薄の穂」

口に出してみて、すぐわかった。なぜ、この俳諧をとどけてきたか。

もちろんこれは、雷夜の一瞬の光景を見たままに詠んだものだろう。薄はどこにあったのか。庭か花瓶か。顔とはだれの、どういう顔か。説明がないので、これだけで芭蕉が目にしたものをおもい描くことはできない。

けれど芭蕉がこれを自分にとどけさせた心なら、考えるまでもなかった。顔は髑髏、髑髏は小町、そしてそれは巴御前でもあり智でもあり、芭蕉自身でもある。儚い命は路傍の髑髏と化しても、魂のぬけがらから、なおも新たな命が生い出ずる……。そう。今ならわかる。芭蕉は憐れんでなどいないのだ、路傍の髑髏も、旅ではてる人をも。

「そうやわ。さっきいただいた鮒寿司がおましたやろ。あれ、だれかにたのんで、無名庵へとどけさせとくれやす。早うたのむえ。ぐずぐずしてると、またどこかへ出かけてまうやもしれんさかい……」

はしゃいだ声で佳江に命じて、智は短冊を抱きしめた。

約束どおり、芭蕉は二十一日に木節宅を訪れ、帰りに智の家へ立ちよった。木節宅と智の家は目と鼻の先である。このときは支考と惟然もいっしょだったが、後日また木節宅を訪れた際は、ひとりで智の家へやってきた。

芭蕉と木節は、このところ急速に親しさを増している。

「木節はんとはずいぶん気が合うてはるようどすなぁ」

いつものように自分の居間へ招じ入れて、智は芭蕉に井戸で冷やした麦湯を勧めた。芭蕉は喉を鳴らして麦湯を飲み干す。

「はい。木節亭は居心地がようござる。それにこうしてすぐ智月さんのお顔も見られます」

曲翠や正秀は膳所藩士なので、御用繁多になれば俳諧どころではない。が、木節なら時間が自由になる。人柄も篤実温厚で、なにより痔疾持ちの芭蕉にとっては、医師がそばにいてくれるのが心強いのだろう。

この数年のあいだに、芭蕉をとりまく近江の門弟たちにもさまざまな変化があった。自らの意志で離別した者や自然と疎遠になった者、あるいは智のように年老いた者や又七のように仕事で不在がちの者……。又七は智から生い立ちの秘密を聞かされて以来、胸の憂いが晴れたのか、商いに精魂を傾けている。

芭蕉は昔から、来る者は拒まず去る者は追わず、恬淡としていた。が、そんな芭蕉も、門弟同士の諍いには胸を痛めているようだ。

「洒堂はんのことどっしゃろ。困ったお人やねえ」

「いっぺん大坂へ行って、じっくり話さねばなりません」

かつてはあれほど芭蕉を慕っていた洒堂だが、近ごろはなにかにつけ他の門弟とやり合うことが多くなった。そのことは智の耳にも入っている。

芭蕉の悩みはそれだけではなかった。最大の悩みは、相も変わらず先立つものがないことである。

俳諧の宗匠には定まった収入がない。旅先で俳諧集を編んだり、俳席で講評をして、なにがしかの謝礼を得るのがせいぜい。後援者からもてなしをうけて豪遊することもままあるものの、では贅沢な暮らしをしているかといえばとんでもなかった。衣食ばかりか炭や油、紙などの日用品にも事欠く毎日で、まとまった銭などあったためしがない。

「俳諧集を出さはるそうどすけど……」

『続猿蓑』を刊行する資金があるのかないのか、智は案じていた。が、芭蕉はなにもいわない。曲翠や去来のような旧なじみには借金を申しこむことがあるようだが、女の智に銭の無心をするのは遠慮があるのだろう。

「うちでお役に立つことがあったら、遠慮のう、いうとくれやす」

このときも水をむけてみたが、芭蕉は首を横にふっただけだった。

「それより、智月さんにおたのみしたいことがあります」

「へえ。なんどっしゃろ」

「盆会になったら、無名庵にも灯明を立てて、亡きお人を迎えていただきとうござる」

「亡きお人……義仲はんと巴御前はんどすか」

「むろん、それもあるが……。お二人なれば日頃から慣れ親しんだところゆえ、道に迷う心配はござるまい。灯明が要り用なのは新仏……寿貞尼にござるよ」

気にかけていた名前が芭蕉の口からすらすらと出たので、智は目を瞬いた。なんと返してよいかわからず、あわててお悔やみを述べる。

芭蕉はしばらく瞑目したのちに、ひとつ吐息をもらした。

「寿貞尼には無名庵の話を何度となく聞かせました。こたびも無名庵へゆくと打ち明けると、もはや江戸へはもどらぬ覚悟を察したのか、さようによきところなれば黄泉の国へ下ったのちにわたくしも訪ねましょうというてござった」

「寿貞尼はんは、ご自分が不治の病やとご存じやったんどすか」

「いかにも。桃印とおなじ病ゆえ」

芭蕉の双眸は深い悲しみをたたえている。が、よく見ると、寿貞尼の死を悼むだけではなく、自分自身を責めてもいるようだ。

「芭蕉はんは、どうして、ご自分でお灯明を立ててお迎えしてあげまへんのどすか」

「郷里にて供養をせねばなりません」

「郷里……そうやわ。寿貞尼はんは芭蕉はんと同郷やそうどすなぁ」

「いかにも。長い長い縁にござる」

聞いてくださるか、と問われて、智は即座にうなずいた。

かつて、幻住庵で、智は芭蕉に打ち明け話をした。だれにも話したことのない――亡夫にさえも教えなかった――若き日の恋の話だ。朝廷にかかわる秘密ゆえに墓場まで持ってゆくつもりでいたのに、あれは幻住庵にただよう妖気にまどわされたか。いや、芭蕉への強い慕情が思い出を封じこめていた扉をこじ開けてしまったのかもしれない。

　芭蕉もこれまで一度ならず自分の過去を語っていた。が、それはいずれも俳諧にからむ話で、智は芭蕉の生い立ちについてほとんど知らない。

　今、芭蕉が打ち明けようとしている話がなんであれ、これではじめて、互いに裸の自分をさらけだしてひとつになれるような気がした。催促は無用、急き立てる必要もない。四年前のあの日とおなじように、蟬の声に耳を傾けながら、芭蕉が口を開くのを待てばよい。

「義仲公と巴御前さんのように……かたちはちがえど幼なじみ、許婚でもありました」

　芭蕉は訥々と語りはじめた。

　十九で五千石の藤堂藩伊賀付侍大将、藤堂新七郎家の嗣子である良忠に仕えることになった芭蕉は、武より文に秀でた主君を敬慕し、主君より伝授された俳諧にも才を発揮するようになる。ところが、身も心も捧げるつもりでいた良忠は、芭蕉が二十三になったときに急逝してしまった。

「殉死をおもうほど悲嘆に暮れ、致仕して京へ上り、禅寺へ入ってしまいました。妻帯する気にはどうしてもなれず、さよう、つまり、身勝手にも許婚をすててしもうたのでござるよ」

芭蕉は出家を断念して、江戸へ出て俳諧師となった。二十九の春である。

一方、のちの寿貞尼は、芭蕉が江戸へおもむくことになろうとは露知らず、傷心をかかえて藤堂家の江戸詰藩士のもとへ嫁ぐ。二郎兵衛のほか娘二人をもうけたが、夫に先立たれ、途方に暮れていた。

芭蕉が寿貞尼の消息を知ったのは、三十三のときに帰郷した際のことで、甥の桃印を連れ帰り、小田原町に居をかまえ、寿貞尼と三人の幼子を探しだして家へ迎えた。

このあたりの話は、智も曲翠や正秀から聞いている。

「妻の妾のとはやす者もござったが、世間がなんといおうが気にはしませなんだ。困窮していた母子を家に入れたのは、まぁ、罪滅ぼしという気持ちも多少はあったかもしれません。が、実際、一人口は食えぬが二人口は食えるといいます。桃印もまだ十六の食い盛りで、こちらも女手があれば助かる……」

同郷の幼なじみならなんといっても気安い。無口でひかえめな寿貞尼は、黙々と家事と子育てにいそしんでいたという。四年後に芭蕉が深川の庵で隠棲をはじめるまで、一家六人の和やかな暮らしがつづいた。

「深川へ隠棲したのは、世の点取俳諧の横行に腹を立てた……ということもむろんござったが、ぬるま湯につかったような暮らしでは俳諧の道を究めることはできぬと焦躁(そう)にかられたせいもありました。寿貞尼はその後も桃印の面倒をようみてくれ、病を発したのちも寝もやらず看病をして……。とどのつまり、こっちの身勝手で二度、いや、こたびのことを数えれば三度、置き去りにしたわけにござるよ」

「そうどしたか。ほんで、芭蕉はんは悲しい目、してはりますのやなぁ」

「悲しい目……」

芭蕉は鸚鵡返(おうむがえ)しにつぶやいて、問いかけるような目をむけてくる。

智はその目をじっと見返した。

「自分がだれかに辛(つら)いおもいをさせられるより、自分のせいでだれかが辛いおもいをするほうが、よほど悲しゅおす。うちはそうおもいます。せやけど……」

と、沈みがちな場を引きたてるように眸(め)を躍らせる。

「好いたお人やったら、かかわりのないまま死んでしまうより、辛いおもいをさせられたほうがうれしいんやおまへんか」

長い歳月、芭蕉とかかわって生きた寿貞尼は、やっぱり果報者だったのではないかというと、芭蕉もようやく愁眉(しゅうび)をひらいた。智はつづける。

「安心しとくれやす。お灯明かかげて、心をこめて盆会をいたしまっさかい。寿貞尼はんがおいでたら、巴御前はんもお呼びして、女三人でにぎやかに昔話でもすることにしまひょ」

十一

大津・義仲寺　元禄七年（一六九四）

一陣の風とともに駆けぬけたのは人馬の群れか。

砂塵が舞い上がったような気がして、智は目を閉じた。が、開けてみれば、街道のかなたでゆらめいているのは陽炎で、人も馬もいない。

いつだったか、似たようなことがあった……。

「どうかしやはりましたか」

下僕に訊かれて、智は首を横にふった。

「ほな、ここで待っててな」

下僕を門前にのこして門をくぐる。境内へ足を踏み入れたのと、木曽塚に詣でていた芭蕉が立ち上がって門のほうへ顔をむけたのが同時だった。

これもまた、いつかのくり返しだ。ちがうのは、智と芭蕉の目が一瞬にしてかがやいたこと。

「おう、おいでくださったか」

「あたりまえどす。芭蕉はんに早うこいといわれて、家にいられますかいな」

智は足早に歩み寄る。

「早いものでござるのう、あれから六年……」

「へえ。うちも今、はじめて逢うた日のことをおもいだしてました。ほんまに、義仲はんと巴御前はんのお引き合わせやわ」

「めぐり合いとはおもしろきものにござるのう。時空を経めぐっていた魂が出会うは偶然にあらず。導き手があってこそ」

「ほんなら、あらためてお礼をいうときまひょ」

二人は木曾塚、巴塚と詣でて、無名庵の濡れ縁に並んで腰を下ろした。

「なにか御用がおありどしたんやおまへんか。繕いものどすか。襦袢も足りんようやったら縫うてきますけど」

「いやいや、そうではありません」

智は芭蕉の横顔を見つめる。こうしていると、ふしぎなことに、いっしょに暮らしたこともないのになぜか長年つれそった夫婦のような気がしてくる。

芭蕉は剃りのこした無精髭をなでた。

「盆会までに郷里へ帰らねばなりません」

「へえ。そうどしたなぁ。いつごろ、出立しやはるんどすか」

「明朝」

智はえッと目をみはる。

「そないに急に……どうかしやはったんどすか」

「京で用事をすませてから伊賀へゆくことにしました。伊賀へゆけば、そう簡単には身動きがとれません。それゆえ先に……」

伊賀上野では、昨年江戸で亡くなった甥の桃印や、おなじく江戸でつい先月に死去した寿貞尼の供養をすることになっていた。それでなくても郷里には芭蕉の門弟が大勢いるから、あっちの俳席こっちの吟遊と大忙しにちがいない。

「京は去来はんとこどすか」

「はい。俳諧集のことなど」

「ほんならしかたおまへんなぁ。早う出かけて、早う帰っておくれやす」

芭蕉の持病の痔疾は、寒い季節が鬼門である。いずれにせよ、足腰が弱ったと嘆く芭蕉には雪道の旅は難儀だろう。

それは芭蕉自身も承知しているようだった。

「遅くとも九月には帰れましょう。この冬は無名庵にこもって、ぬくぬくと怠けてすごす所存にござるよ」

芭蕉はおどけて亀のように首をすくめた。

智も頬をゆるめる。

「うれしゅおすなぁ。ほんなら年末年始はうちへ泊まっておくれやす。又七も来月には帰りまっさかい、喜びまっしゃろ」

ぜひそうしてくれと頼むと、芭蕉は笑顔でうなずいた。

「約束どすえ。破ったらゆるしまへんえ」

「おお怖。智月さんに嫌われたら一大事。されば大急ぎで帰って参らねばのう。なにとぞよしなにおたのみ申しまする」

「いややわぁ、芭蕉はんたら、大仰に」

二人は目を合わせ、朗らかな笑い声をたてる。

先おととしの元禄四年に芭蕉は江戸へ帰ったが、それ以前も、智と芭蕉は親密だった。色恋といいきってしまうのは語弊があるとしても、師弟、姉弟、心の友……そのすべてを合わせてもいいつくすことのできない艶めいたなにかが、二人のあいだにはたしかにあった。

とはいえ、それから二年と八か月近くも離れていたわけで、ふつうなら、再会した当初は、多少よそよそしくなるか、でなければ別れたころのままのつき合いがまたはじまるか。ところが智は、むしろ逢えないあいだに親密さが増したようにおもわれた。どこか別の場所で、二人が余人の知らない時を重ね、親交を深めて、今やかけがえのない番（つがい）になったかのようにもおもえる。

「ともかく、ご無理しはったらあきまへんえ」

「はいはい」

「お風邪をひかんよう、汗かいたら襦袢をとりかえてな。お腹（なか）だして寝たら寝冷えしますえ。夏風邪は厄介やし……」

「はい、仰（おお）せのとおりに」

「冷やし物ばかり食べたらあきまへん。芭蕉はんはすぐにお腹こわしはりまっさかい」

「承知してござる」

「具合がわるうなったらすぐに休んで、お医者はん呼んで……」

　芭蕉はにこにこしている。

「なんや、まじめに聞いとくれやす」

「聞いてござる聞いてござる。しかし……」と、芭蕉は真顔になった。

「実のところ、今日はどうしても智月さんのお顔を見とうなった。どうしてかと自分でも首をひねってござったが、そう、これこれ、こうして気づこうてもらいたかったからだとたった今わかりました」

「気づこうて……なんや、おかしなこと、いわはりますなぁ」

けげんな顔をしている智をよそに、芭蕉は自分で自分の考えを肯定するように何度もうなずいている。

「こたびは江戸へ帰るわけでも長旅に出るわけでもありません。しばし郷里に滞在するだけ、お呼びたてすることもなかったが、いやはや、芭蕉翁も気弱になったものにござるよ」

「そんなこと……おまへん」

「いやいや。路傍の髑髏でけっこう、などと強がりをいえるのは、気づこうてくれるお人があってこそ。天涯孤独の身なれば、さようなことはいえますまい」

無名庵には門弟の支考や惟然がいる。長居はできない。しばらく語り合ったのち、智は腰を上げた。が、なんとなく立ち去りがたくて、今一度、巴塚を詣でる。

芭蕉もついてきた。それでもなお門まで並んで歩いたのは、この日にかぎって、どういう未練風に吹かれたものか。

門前でもしばらく立ち話をして、智はようやく下僕に声をかけた。歩きだしてもまた二度三度とふりかえる。いつになく心細げに見える芭蕉の姿を、智はまぶたの裏にやきつけた。

大津宿　同年

晩夏にかけて、芭蕉からはひんぱんに文がとどいた。京の去来宅へ無事に着いたことも、それから十日もしないで伊賀上野へ帰郷したことも、十五日の盆会に亡き寿貞尼の新盆をとりおこなったことも、智はだれよりも早く知っていた。

ところが八月十五日の月見は郷里の門弟たちが建ててくれた新庵で宴を催すことになったと聞いて、智は落胆した。江戸からもどって初めての月見であり、今年は無名庵で、かつてのように和やかな宴を催すものとばかりおもっていたのだ。が、一日でも長く滞在してほしいと願うのは、伊賀上野の門弟たちもおなじだろう。新しく建てた庵を義仲寺のそれにちなんで無名庵と名づけたと知らされただけで満足するよりほかなかった。

それならば、と気持ちを切り替え、中秋の名月を愛でるためのご馳走を下僕にとどけさせることにした。南蛮酒一樽と麩二十本、菓子一棹である。

芭蕉からは折り返し、心のこもった礼状がとどいた。

ところがその後、ぱたりと文がとだえた。

「どないしはったんやろ。宗匠はん、持病がわるうならはったんやおまへんか」

「お里やったら人もぎょうさんいてます。なんかあったら、だれか知らせてきまっしゃろ。心配はいりまへん」

「なんかあったらや困るえ。あんた、不吉なこといわんといてや」

嫁の佳江(よしえ)とそんな話をした数日後、芭蕉の様子がわかった。月見の宴のあと、体調をくずしているという。そのことを伝えたのは江戸からもどった又七だった。

又七は、芭蕉が江戸を発(た)ったあとも、仕事の合間に芭蕉庵(ばしょうあん)を訪れ、寿貞尼母子を見舞っていた。寿貞尼が死去した際は、芭蕉から後事を託された甥(おい)の猪兵衛(いへえ)をなにくれとなく助けてやっていたようだ。芭蕉の供をして京にいた寿貞尼の息子、二郎兵衛(じろべえ)が急遽(きゅうきょ)、江戸へ帰ったのちは、葬儀や庵の後始末など、又七が奔走したという。

二郎兵衛と妹二人は、母の位牌(いはい)とともに、盆会までに伊賀上野へ帰郷した。が、又七は仕事を終えるまで江戸にとどまり、ひと足遅れて帰国の途についた。江戸の近況を知らせるために、帰路、伊賀上野へ立ちよったので、芭蕉の容態をつぶさに知ることができたのだった。

「どんな具合や。お熱は？　お腹が弱いさかい……寝てはるんどすか」

又七が旅装を解くのも待ちきれず、智は訊(たず)ねる。

「俳席には出かけてはりましたけどな、お疲れがとれんようで、庵ではぐったりしてはりました。筆をとるのも億劫らしゅうて……」

「ほんなら当分、動けまへんなぁ」

智は眉を曇らせた。

桃印につづく寿貞尼の死、自らも江戸では閉居するほどの大病をしている。それでなくても痔疾持ちだ。しかも門弟のあいだではなにかと諍いが絶えず、俳諧集をつくるのさえ借金に頼るほどのかつかつの暮らしでもあった。そんな男が、迫りくる老いの身に鞭打って長旅をしたのだから、体にこたえないほうがおかしい。

「寒うなるまでには帰ってもらいとおすなぁ。長びくようやったら、駕籠でも仕立てて迎えにいったらどないやろ」

気をもんでいる智を、又七はなだめた。

「宗匠はんのことや、養生すれば元気にならはりますやろ。なるたけ早う帰って、お母はんに女盆会の話を聞きたい、いうてはりましたさかい……」

女盆会てなんどすかと訊かれて、智はおもわず笑みをこぼしている。教えてやりたくても、こればかりは上手く説明できそうにない。

――盆会には、無名庵に灯明をかかげて寿貞尼と巴御前の霊を迎え、女三人で心ゆくまで語り合う。

芭蕉との約束である。

約束は果たした。が、余人にいえば、気がふれたかとおもわれるだけだろう。

「あんたが帰らんさかい、うちの盆会は女だけやった。そのことをいわはったんやろ。江戸の後始末を押しつけてあんたの帰りを遅らせてもうたんやないかと、宗匠はん、心配してはったさかい……」

適当にごまかしておく。

江戸はどうか、伊賀上野はどうだったのか、訊きたいことはいくらもあった。寿貞尼とはどんな女か、母子の暮らしはどうだったのか、それがなにより知りたい。

その夜は又七の労をねぎらい、帰還を祝う馳走に家族そろって舌鼓を打った。だが、肝心の寿貞尼のことは、結局、訊けないままだった。

又七が智に話したように、体力がもどり次第、芭蕉は伊賀上野から大津へ帰るはずだった。ところが九月八日、郷里をあとにした芭蕉一行がむかった先は、大坂だった。

一行とは、二郎兵衛と芭蕉の甥の又右衛門、支考と惟然である。供が増えたということはそれだけ体調に不安があったからで、芭蕉は途中で歩くことさえ困難になり、両脇から支えられ、あるいは背負われて、やっとのことで大坂の洒堂宅へ到着したという。翌日には熱を出して寝込んでしまった。

智はこのことを、膳所の曲翠と正秀の両人から聞かされた。一時はかなり重篤で、十日ほど頭痛や悪寒に苦しめられたという。もっとも芭蕉が二人に文を書いたのは九月二十五日で、病が癒（い）えてから数日が経っていた。智が知らされた時点では、もう心配する必要はなさそうだった。

そんなことより――。

「やはり洒堂はんのことで頭を痛めてはるようどす」

「洒堂と之道（しどう）の反目はそうそう簡単にはおさまるまい。それがために無理を押して大坂へ出むかれたのだ。二人とも了見してくれるとよいのだがのう」

正秀も曲翠も、蕉門内の不協和音を気にかけていた。けれど智は、なんといっても芭蕉の病状が気がかりだった。

「宗匠はん、いつまで大坂にいやはるおつもりどっしゃろ」

「遊吟やら俳席やら歌仙やらと、毎日のようになにかしらあるようや。寝込んではったぶんもあるさかい、よけい忙しゅうならはったんやろ」

「ちょっとようなったからいうて出歩いてばかりいたら、またぶりかえしてしまいますえ。なぁ、曲翠はん、曲翠はんからもいうてやっとくれやす」

「諫（いさ）めたところで聞くものか。俳諧のためとなったら、わが身のことなど考えられぬご仁ゆえのう」

曲翠は苦い顔になる。

世の点取俳諧を目の敵にして、おべっかや媚びで素封家にとりいることを忌み嫌ってきた芭蕉だが、旅の俳諧師となれば、地元の門弟たちとの交流は欠かせなかった。つい断りきれずに無理を重ねざるをえない。

疲れがたまれば、また体調をくずさはる——。

智の不安は的中した。

芭蕉危篤の報がとどいたのは、十月五日の夕刻だった。

「お母はんッ。一大事やッ。宗匠はんが……」

店のほうから又七の声とともに、あわただしい足音が近づいてくる。

文机にむかっていた智は筆を止めた。血の気が引いてゆくのがわかる。

敷居へ膝をついた又七は、智に這いよって、ふるえる手で細長く折りたたまれた紙をさしだした。一読するや、智は凍りつく。

「お母はん」

「危篤……と、書いておます」

「へえ。数日前から伏せってはったと……。ご無理が祟らはったんやろ」

曲翠や正秀と芭蕉の話をした、まさにその日の夜、大坂では芭蕉が激しい下痢で七転八倒していた。薬だ医者だと手をつくしたものの症状は悪化する一方で、日に日に衰弱がきわだってゆく。

芭蕉は南御堂前の花屋仁右衛門の貸座敷に病床を移して、縁者や門弟の看病をうけているという。

「明朝、木節はんと大坂へいて参じます。そうや、曲翠はんや正秀はんとこにも知らせがとどいてるはずや。非番やったらいっしょにいかはるかもしれまへん」

「うちもいきます。仕度せな……」

智は腰を浮かせた。

「お母はんは無理や」

「無理やおへん。うちかて宗匠はんを見舞いとおす」

「いいや、あかん。自分をいくつとおもうてはりますのや。お母はんまでたおれてみ、みんなに迷惑がかかります。宗匠はんかて心配しやはるやろ」

「けど、こればかりは……なんとしても……」

大坂の貸座敷で死なせるわけにはいかない。万が一のときは、芭蕉自身から死に水をとってほしいとたのまれているのだ。

切々と訴える智の手に、又七は自分の手を重ねた。

「お母はん。お気持ちはようわかってます。宗匠はんを大坂で死なせたりはしまへん。無名庵へ……お母はんのおそばへお連れします」

「ほんまに……ほんまに看病させてもらえるんやな」

「木節はんに診てもらえば、きっとようならはります。小康を待って、みんなでこっちへお連れしまっさかい、お母はんは無名庵で待っててておくれやす。不寝の看病をしてもらうには、お母はんに元気でいてもらわななりまへん」

又七のいうとおりである。強引に同行して足手まといになるよりは、無名庵を心地よくととのえて、帰りを待つほうがよい。長患いになることも見越して、万全の受け入れ態勢をととのえておく必要があった。

「ほんなら大坂はやめとこ。けど、ええな、きっと連れて帰ってや。約束どすえ」

「わかってま。お母はんが無名庵で待ってはるいうたら、宗匠はんかて、快方にむかわはりますやろ」

翌朝、又七は木節や正秀と連れだって大坂へ出立した。膳所藩士の曲翠は藩の御用繁多のために同行できなかった。

芭蕉はん、死んだらあきまへんえ。きっと、きっと、帰ってきておくれやす——。

又七一行を見送るや智は義仲寺へおもむき、巴塚に両手を合わせた。

芭蕉と出会ったころは足繁く詣でていた。さほどの距離ではないものの、大津宿の街道沿いにある智の家から膳所の義仲寺までは、女の足で四半刻ほどかかる。歳を重ねるにつれて間遠になるのはいたしかたのないことだった。とりわけ大病を患ってからは、足腰が弱り、以前のようには通えない。

そんなことも、今はもう、忘れたかのようだった。

芭蕉が無名庵で養生するなら、毎日でも看病しよう。足腰が弱い？　それなら這ってでもいってやる。いや、不寝の看病をするためなら泊まりこんでもよい——。

智は気力がみなぎってくるのを感じていた。十は若返った心地がしている。

芭蕉が帰ってきたら、日向の匂いのする夜具に寝かせてやりたい。枕辺には野の草花を飾る。月が出ている晩は、襖障子を開けはなって、二人で月を愛でる。

なにもしなくてよい。

そう。俳諧さえも、つくらなくてよい。

長い旅路を経めぐってきた芭蕉と自分には、どれほどの時がのこされているのか。

短かろうが長かろうが、芭蕉と二人、心静かにすごしたい……。

「巴御前はん、後生やさかい、おたのみ申します」

巴塚から目を上げて、智は、安房国のある東の空を見つめた。

安房国朝夷郡　建暦三年（一二一三）

「母上。母上ッ。いかがなされた？　どこぞ痛みまするか」

先を歩いていた三郎が駆けもどってきた。

巴は胸を押さえ、道端にうずくまっている。

「おい、水を持てッ。母上、お気をたしかに」

三郎は巴をかかえて、郎党のひとりがさしだした竹筒の水を飲ませた。咳きこんであらかた吐きだしてしまったものの、巴の顔にわずかながら血の気がもどる。

「木陰で休まれませ」

「いつものことじゃ。心配はいらぬ」

いった矢先にまたもや胸をしめつけられるような痛みにおそわれて、巴は息をあえがせた。胸の痛みには、数年前から悩まされている。去る五月、和田一族が戦に敗れ、夫や息子たちに死なれてからは、以前にもまして発作がひんぱんになっていた。

三郎は一行に合図をした。その場に見張りをのこし、軽々と巴を抱き上げて、林のなかをわけいってゆく。供をしてきた女たちに大木の根元に敷物をひろげさせ、巴の体を静かに横たえた。

巴は目を閉じたまま眉間に苦悶のしわをきざんでいる。かぼそい息が切れ切れにもれるたびに、三郎のたくましい手のひらが励ますように背中を上下して、そこから生命がよみがえってくるようだ。

人心地がつくや、それは、やはり、見えてきた。発作がおさまりかけると決まって眼裏に浮かんでくる。

　馬の嘶き、砂塵が舞い立つ街道、寂びれた寺、門前にたたずむ尼姿の女……若くはないが凜々しい目をした女がじっとこちらを見つめている。もの問いたげな、それでいて太古からの理をすべてわきまえているかのような、深遠なまなざしである。

「そなたは、だれじゃ」

　応えはないとわかっていたが、巴はいつものように問いかけてみた。

「母上。三郎にござりまする。母者の息子、朝比奈義秀……」

　目を開けると幻は即座にかき消えた。消えてもなお、目のなかに砂塵だけがのこっている。

「案ずるな、三郎。そなたの顔がわからいでか。母は幻を見たのじゃ」

「幻……いかような幻にござりまするか」

「あれは……そう……母が鎌倉へ参る以前のこと」

　戦に負け、近江へ敗走した。今でもあのときの幻を見ると話したことがあったはず、そういうと、三郎はうなずいた。

　巴が何者で、どういういきさつから和田義盛の後妻になったか、鎌倉でどんな悲劇に見舞われたか、殺されたわが子のかわりに三郎ら妾腹の子供たちをどれほど愛しんで育てたか、三郎はもとより承知している。

「お許しあれ。われらの力が足りぬばかりに、母上にまたも敗残の苦しみを味わわせてしまいました」

「いや、勝敗は時の運。勝つも負けるも、めぐりめぐれば似たようなものじゃ。それが武士の宿命ゆえの」

「しかし、父上や兄上を討たれ、それがしばかりが生きながらえて……」

「そなたまで死んでは、だれが和田の血をうけつぐのじゃ。死ぬことはこの母が許しませぬ。なんとしても逃げのびて……」

巴はあたりを見まわした。

領国をすてる旅だ。追っ手から逃れる旅でもある。荷車に武器を隠し、身なりも変えて商人の一行を装ってはいるものの、いつ馬脚をあらわしてしまうか。郎党や侍女たちの顔には不安の色が貼りついている。

こんなところで、いつまでも話しこんではいられない。

「起こしておくれ」

巴は両手を泳がせた。

「ご無理はなりませぬ。今しばらく……」

「いいや。そなたにいうておくことがある」

三郎はやむなく巴の体を起こして、大木にその背をあずけた。

巴は自分の前に三郎を座らせ、病人とはおもえぬ鋭いまなざしをむける。

「和田家へ嫁ぐ前のわらわの素性は、かつて話したとおりじゃ。そなたの父からはいうなといわれたが、わらわは隠し事が嫌いゆえ」

「打ち明けてくださり、うれしゅうございました。おかげでそれがしは、母上から槍や太刀の技を伝授いただくのが楽しゅうなりました」

「そなたはわらわが見こんだとおりの男子じゃった。鍛えがいがあった。われらの期待に応えて、真の武将になってくれた」

「母上……」

「亡き姑上さまとも約束した。真の武将を育てる、と。それゆえ、そなたは生きのびねばならぬ。そうして今度はそなたが真の武将を育てるのじゃ。和田の名に恥じぬ男子をの」

「されば母上とともに」

「それはそなたの役目。わらわは、越中にはゆかぬ」

「なんとッ」

三郎は目をみはった。

「越中は母上の……」

「文がある。わらわの懐剣を添えてもってゆくがよい。義仲公よりさずかった懐剣をごらんになれば、事情は察せられるはず。器の大きなお人ゆえ、そなたを歓迎してくだされよう」

一行は落ちのびる先を、越中呉西の豪族、石黒氏の居城と決めていた。かつて源義仲の属将であった石黒一族は、巴とも水魚の交わりをむすんでいる。

「なれば、母上はどうなさるおつもりにござりますか」

「わらわは近江へゆく」

「近江？　なにゆえさような……」

「呼んでおるのじゃ。あの、幻の尼御前が……」

三郎がけげんな顔をしているのを見て、巴はいいなおした。

「いや、呼んでおるのは義仲公の魂。さよう、そうにちがいない。そなたの父にとっては敵ゆえ、不快におもうやもしれぬが……義仲公は首級を討たれ、おそらく骸は野ざらしになったに相違あるまい。成仏できずにおられるやもしれぬ。墓をつくり、香華をたむけねば、わらわは死んでも死にきれぬ」

幻を見るようになってから、考えていたことだ。が、ゆるがぬ決意をかためたのはたった今、砂塵のかなたにたたずむ女を見たときだった。いつも決まってあらわれるあの尼は、もしや、己の分身ではあるまいか……。

三郎は頑として反対した。

「そのお体では無理にござる。越中にて養生なされた上で……」

「わらわがいくつか存じておろう。悠長なことをしておる時はない」

「さすればそれがしもごいっしょに……」

「ならぬ。そなたは己の役目をまっとうせよ」

「しかし……さればだれぞ供を……」

「それもならぬ。供は断じてならぬ」

困りはてている三郎を、巴はけわしい目でにらみつける。

「わらわをだれと心得る？　巴御前ぞッ」

巴は三郎の眼前に懐剣をぐいとつきだした。

「ゆけッ。人がくる。さ、早う」

「母上……」

「女ひとりなら追っ手の目もごまかせよう。そなたはここにいる皆の命をあずかっておるのじゃ。真の武将なれば弱音を吐くでない。早う、ゆけッ」

三郎は唇をひきむすんでいたが、ようやくうなずき、一同に出発の合図をした。巴が並の女ではないこと、一度いいだしたら決して言をひるがえさないことを知っている。

「母上、くれぐれもご無事で。さらばッ」

三郎はうるんだ目で巴に一礼をした。が、背をむけて歩きはじめたときはすでに、戦場でいくつもの首級を挙げてきた武将の顔になっている。

巴を置き去りにして出立すると聞いておどろいた女たちが何人か駆けよって、自分ものこるといいはった。が、巴は聞きいれなかった。死出の旅路に供はいらない。そう。病の身で近江まで歩けるとは、むろん、おもってもいなかった。敵兵の手にかかるまでもない。また発作がはじまっている。

それでも巴は、近江へゆくつもりでいた。いや、ゆけると信じていた。この身は路傍で朽ちはてても、魂はきっと、薄(すすき)の生ずる髑髏(どくろ)になどしがみついてはいないはずだから。

大津宿　元禄七年（一六九四）

十月十一日、又七が木節や正秀とともに大坂へ出立してから六日目、ようやく報せ(しら)がとどいた。毎日のように義仲寺へ出かけ、木曾塚と巴塚に芭蕉の無事を祈願していた智は、吉報であってほしいと祈るようなおもいで封書をひらいたのだが――。

芭蕉は十日の日暮れから高熱に見舞われ、危篤状態におちいったという。それでも気力をふりしぼって、郷里の兄宛と、他に三通の遺書を口述で書きとらせたとのことだった。自らの死期を確信したのだろう。

　智宛の遺書はなかった。が、又七を枕辺へ呼びよせ、骸を義仲寺の木曾塚の隣へ葬るよう遺言をしたという。義仲寺は縁深きところ、なつかしき友が訪れるに便もよく……と苦しい息づかいの下でいったのち、又七の目をひたと見つめて、

「これよりは、ようやっと、尼御前のおそばに……」

　余人には聞きとれないほどの小声でつけくわえたとも書いてあった。又七はこのことを他のだれにもいわず、智だけに知らせてきたのである。

　又七の文によると、芭蕉は先の危篤の報で門弟たちが駆けつけたあと、しばらく小康状態をたもっていた。まだ体を動かせるほどではなかったが、床のなかで俳諧を吟じる気力はのこっていた。

　旅に病んで夢は枯野をかけ廻る

　清瀧や波に散り込む青松葉

九日にはふたつの俳諧をつくったというから、だれもが今一度もちなおしてくれる

のではないかと期待を抱いた。

それが、翌日には急変。

――もはや手のほどこしようとてこれなく候。

そんなあわただしいなかで又七が智に知らせてきたのは、芭蕉の訃報に接したときの智の悲嘆をおもいやり、覚悟をしておくよう、うながすためもあったのか。

――諸々ぬかりなきよう。

最後にひとこと書き添えられていたのは、いざというときもとり乱すことなく、近江を永眠の地にえらんでくれた芭蕉のおもいに報いるよう万全の仕度をしてほしいとの暗黙の要請にちがいない。

智は、体中の力がぬけ落ちてゆくような気がした。その場へ膝をつき、どこを見るともなく視線をさまよわせる。数日前にも危篤の報をうけとっているから、むろん、覚悟がまったくなかったわけではない。

それでも、信じがたかった。信じたくない。

なんでうちより先に芭蕉はんが――。

自分は役立たずの老尼である。それに比べて芭蕉は諸国に門弟を抱え、精力的に旅をつづけて、俳諧への意欲も衰えていない。叶うことなら、代わってやれぬものか……。

話しかけられたようだが、茫然自失していたらしい。

「お姑はん。なぁ、お姑はんってばッ」

佳江が心配そうに智の顔を見つめていた。

「宗匠はんはお姑はんをだれより頼りにしてはりますのや。いざというときも、うちらがしっかりして、宗匠はんが喜ばはるようなお世話、してさしあげななりまへん」

智はわれに返ってうなずく。

「ほんまに、あんたのいうとおりや。おたおたもたもたして、近江の蕉門はだらしがないとおもわれたら、芭蕉はんかて恥をかかはりまっしゃろ」

「へえ。ともかくみんなに知らせとかな」

「そうや、義仲寺のお留守居はんにもいうといたほうがええな。だれぞにたのんでもらえんか……」

「うちがいて参じます。座敷も台所も見てこなあきまへんさかい」

「ほんなら、そないしておくれやす。こっちで養生するにしても……」

いいかけて、智は頰を打たれたように口をつぐんだ。又七はもう手のほどこしようがないと知らせてきた。芭蕉は遺書を口述し、又七に遺言を託した。諸国から駆けつけた門弟たちが枕辺に詰めている。

芭蕉が無名庵で養生をすることは、もはやあるまい。生きて近江へ帰ることも……。

もう一度、芭蕉とむき合い、あの温和な笑みと躍るまなざしにつつまれて、姉弟のように、幼なじみのように、長年つれそった夫婦のように、そしてそう、深みにはまらないからこそ逢うたびに胸をときめかせていられる恋人たちのように、語り合うことはできぬものか。

突然、嗚咽がこみあげた。けんめいに抑えようと、智は片手で口をおおう。指のあいだからもれた悲痛な呻きに気づいたはずだが、佳江はなにもいわずに立ち去った。智をひとりにして、心ゆくまで泣かせてやろうとしたのだろう。

芭蕉はん、もういっぺん逢いとおす。そしたらうちは死んでもええ。あぁ、お願いや、うちを置いてけぼりにせんといて――。

喉がふるえ、鼻の奥がしびれた。熱い滴が目の縁からあふれる。智は、童女のように、声をはなって泣いた。

芭蕉は十二日申の刻（午後四時ころ）に息を引きとった。

夜のうちに長櫃に納められ、船で淀川を伏見まで運ばれた遺骸は、翌朝、伏見を出立、昼すぎには無名庵へ運びこまれた。古参の門弟の去来や其角、丈草や呑舟をはじめ、このたびの旅に従っていた支考と惟然、二郎兵衛、最期を看取った医師の木節、そして近江から駆けつけた又七と正秀の十人が遺骸につきそっていた。

「お母はん……堪忍どす」

ろくに寝ていないのだろう、無精髭を生やし、目を真っ赤に充血させた又七は、智を見るなり頭を下げた。

智は首を横にふった。

「ご苦労はんどしたなぁ。みんな、ひどいお顔してはる。お腹かて空いてはりまっしゃろ」

佳江と寺の留守居の妻女に食事を運ばせる。智もいっしょに食事の仕度をしていたと知ると、又七はふしぎそうな顔をした。

「お母はん、寝込んでもうたんやないかと案じておましたんやけど」

智は淡い笑みを返した。

「死に水こそとれまへなんだけどな、最期を看取るのは宗匠はんとの約束や。めそめそしてはおれまへん」

「お母はんは強おすなぁ」

強いのではない。悲しみを胸に秘するすべを習得しただけだ。数多の波乱を乗りこえて、この歳まで生きてきたのだから。

むろん、言葉にはしなかった。

智と佳江はかいがいしく一行の世話をした。食事をさせて休息をとらせ、そのあいだに芭蕉の遺骸を拭き清め、智が手ずから縫った浄衣を着せる。ほんのいっときではあったが、佳江は気を利かせ、席をはずして智と芭蕉を二人きりにしてくれた。

「芭蕉はん。お別れはいいまへん。また、お会いしまひょな」

智は指で芭蕉の頬をなぞった。冷たい陶器のようで、そのくせ、ぬくもりがじんわりと伝わってくるかのようだ。

髑髏に魂がないなら、ここにはもう、芭蕉の魂はないのか。芭蕉との出会いが偶然ではなく、万にひとつ天のはからいだったとしたら、巴御前の魂と束の間の邂逅をしたように、いつかまた芭蕉の魂にも出会えるかもしれない……。

「そうやわ。枯野をかけ廻っているうちに出会えるかもしれまへん。そうしたら、なぁ芭蕉はん、今度こそ、もういっぺん、はじめからやりなおしまひょなぁ」

翌十四日には、芭蕉死去の報せを聞いた門弟が次々に訪れた。なかには大坂へいってしまい、夜もすがら歩きつづけてようやく近江へ到着した者もいて、智や佳江は、手伝いに呼ばれた女たちとともに休む間もなく立ち働くことになった。

義仲寺は三井寺の管轄である。留守居だけで住職はいないが、三井寺の直愚上人が導師となり、常住院から弟子を三人つれてやってきて葬儀をとりおこなった。

曲翠は藩の御用があったため、夜半になって姿を見せた。芭蕉の遺骸に対面するや泣き崩れ、慟哭して止まなかった。

「曲翠はんのお顔見て、なにより喜んではりまっしゃろ」

もらい泣きをこらえながら、智は曲翠の背中をさすってやる。

曲翠は立ち上がることさえできなかった。従者にかかえられて、どうにかこうにか枕辺を退く。

芭蕉の遺骸は同日の酉の刻（午後六時ころ）に樽棺へ納められ、子の刻（午前零時ころ）、木曾塚の右隣に埋葬された。土葬の場合は掘り返した土が平らになるまで墓石は建てられないため、土饅頭に卒塔婆だけの簡素な墓である。

翌十五日には、伊賀上野の門弟たちや、大坂経由で大津へやってきた縁者らも到着して、三百人を超える人々が芭蕉の菩提を弔った。

さらに葬儀から初七日まで、追悼の俳席や『続猿蓑』刊行の相談など、ざわついた日々がつづいた。騒ぎが一段落したのちは丈草が無名庵にのこり、芭蕉の墓所を守って、しばらくのあいだ喪に服すことになるという。

智はこの間、涙を見せなかった。ひかえめに、黙々と、自分のできることだけに専念した。無名庵を出て大津宿のわが家へ帰るときは、芭蕉の墓だけでなく木曾塚と巴塚に両手を合わせる。

芭蕉はん。義仲はんと彼岸でお酒、酌みかわしてはるんやおまへんか。大好きな義仲はんと巴御前はんといっしょに、きっと、あんじょう暮らしてはりまっしゃろなぁ――。

義仲寺の門を出れば足を止め、街道の先、東のかなたをながめる。

人の声も馬の嘶(いなな)きもない。足音も具足(ぐそく)の鳴る音も聞こえない。けれど智は、首筋をなでる幽(かす)かな気配を感じて、一瞬、若やいだ目になる。

そうして、ひとつ吐息をもらして帰路につくのだった。

そろそろ木枯らしの季節。冬の訪れをすぐそこにひかえながら、智の歩く道は、修羅(しゅら)を戦い抜いた者だけが旅路の果てに見る、温和な入り陽色にそまっていた。

主な参考文献

『大津と芭蕉』『大津と芭蕉』編集委員会企画・編集／大津市
『芭蕉と近江の門人たち』芭蕉没後300年記念企画展／大津市歴史博物館編
『正風俳人伝』竹内将人編／芭蕉翁遺跡顕彰会
『膳所藩の俳人・歌人』竹内将人編／立葵会
『芭蕉と蕉門の研究』大内初夫著／桜楓社
『淡海の芭蕉句碑』上・下　乾憲雄著／サンライズ出版
『松尾芭蕉』阿部喜三男著／吉川弘文館
『芭蕉俳句集』中村俊定校注／岩波文庫
『芭蕉書簡集』萩原恭男校注／岩波文庫
「湖国と文化」第65号・第134号／（公財）滋賀県文化振興事業団
『蕉門の66人』山川安人著／風神社
「芭蕉の眠る地・大津　没後300年記念誌」／大津市
『木曾義仲のすべて』鈴木彰・樋口州男・松井吉昭編／新人物往来社
「木曾義仲の魅力」西川かおり／北日本新聞
『高原好日』加藤周一著／ちくま文庫
『おおつ湖都古都歴史散策』／滋賀県教育委員会ほか編

あとがき

いつか書きたいと願い、折にふれて史料を集めたり試行錯誤を重ねたりして書きはじめる小説もあれば、あるときある場所で、突然ひらめき、気がつけば書きはじめている小説もあります。本書は後者です。

　ほどよく鄙びて雅趣に富んだ佇まいに魅かれて立ち寄った義仲寺で、芭蕉翁と木曾義仲公の墓、巴御前を供養する巴塚の三基がひっそりと並んでいるのを見たとき、さらに、墓所のほとりに立つ無名庵が、名も無き尼僧となった巴御前の編んだ草庵で、義仲を敬慕していた芭蕉が大津滞在中の宿舎にしていたと知ったとき、私は目に見えないだれかに背中をドンと叩かれたような気がしました。

　もちろん、小説を書くことができたのは、近江の女流俳人・河合智月さんのおかげです。もう若くはないけれど謎めいた過去をもつ智月尼さんが、姉のごとく妻のごとく芭蕉の身のまわりの世話をする微笑ましさは、書簡集から知ることができます。

芭蕉が、郷里の伊賀上野でも江戸でもなく、大津の義仲寺を永眠の地に選んだのはなぜでしょう。たしかに芭蕉は近江を愛し、義仲公に自身を重ねていたようです。でも、それだけでしょうか。江戸へ去る際、芭蕉は智月さんに『幻住庵記』を捧げています。ふたりのあいだには、最晩年の、だからこそ短くも切実な心の交流があったように思われます。

男女のエロスを超えた無償の愛「アガペー」がもし存在するなら、それだけが、時空を超え得るものかもしれません。巴御前と義仲公、智月と芭蕉、巴と智――三つどもえの不思議な縁は、義仲寺という舞台なればこそ生まれたものです。

ところで、十年近く前になりますが、平成二十七年に富山県南砺市で「第十一回木曽義仲・巴ら勇士讃える会」が開催され、記念講演の講師にお招きいただきました。というのは、この二年前に本書の単行本を刊行していたからです。

圧倒されました。こんなにも木曽義仲を敬愛する人々が大勢いるとは……しかも皆さんが義仲を語るときの熱い眼差しや高揚ぶりときたら……。富山だけでなく埼玉や長野、滋賀など全国に散らばるゆかりの地に各々の顕彰会があり、協力し合って讃える会を開催しているそうで、このときは巴御前の石碑の除幕式がおこなわれたこともあり、全国から集った義仲・巴ファンで熱気あふれる盛大な会となりました。大会長の得能康生（とくのうやすお）さまをはじめ皆さまが義仲や巴御前にどれほど親愛の情を抱いておられるかを目の当たりにした私は、巴御前の母のような気分になって、小説の中の彼女に「良かったね、こんなにたくさん貴女（あなた）を忘れないでいてくれる人たちがいるのよ」と思わず語りかけたほどでした。

朝廷への反逆者とされる木曽義仲が、なぜ、これほどまでに愛されるのでしょう。歴史とは勝者がつくるもの、あまりに一方的な偏見に納得がゆかず、その壮絶な最期や悲哀に満ちた半生に共感し、復権を願う人々がいかに多いかという証（あかし）ではないでしょうか。

芭蕉も、その一人でした。

『ともえ』は、令和二年に最終号となった「こころ」という雑誌に連載しました。この雑誌のプロデュースにかかわっていた半藤一利（はんどうかずとし）氏より小説連載を勧められたとき真っ先に眼裏（まなうら）に浮かんだのが、義仲寺の幻想的な光景と、そこにたゆたう芭蕉、義仲、巴、そして智月さんの幻影だったのです。

単行本の取材では、当時、義仲寺の執事でいらした永井輝雄（ながいてるお）さま、同じく大津歴史博物館の学芸員でいらした樋爪修（ひづめおさむ）さまに大変お世話になりました。お二人と、本書をつくって下さった角川文庫編集部の光森優子（みつもりゆうこ）さまに、心より御礼申し上げます。

木曽義仲・巴ら勇士讃える会の皆さまが、これからも熱い心で歴史の中に埋もれた勇士たちを顕彰し、盛り立ててくださることを願ってやみません。本書をお手にとって下さった皆さまにも、巴御前や智月尼の想いがとどきますように。

二〇二四年十二月

諸田玲子

本書は、二〇一七年三月に刊行された
文春文庫を加筆修正したものです。

ともえ

諸田玲子（もろたれいこ）

令和6年 12月25日　初版発行

発行者●山下直久

発行●株式会社KADOKAWA
〒102-8177　東京都千代田区富士見2-13-3
電話　0570-002-301（ナビダイヤル）

角川文庫 24450

印刷所●株式会社暁印刷
製本所●本間製本株式会社

表紙画●和田三造

ISBN 978-4-04-115651-3　C0193

◇◇◇

角川文庫発刊に際して

角川源義

第二次世界大戦の敗北は、軍事力の敗北であった以上に、私たちの若い文化力の敗退であった。私たちの文化が戦争に対して如何に無力であり、単なるあだ花に過ぎなかったかを、私たちは身を以て体験し痛感した。西洋近代文化の摂取にとって、明治以後八十年の歳月は決して短かすぎたとは言えない。にもかかわらず、近代文化の伝統を確立し、自由な批判と柔軟な良識に富む文化層として自らを形成することに私たちは失敗して来た。そしてこれは、各層への文化の普及滲透を任務とする出版人の責任でもあった。

一九四五年以来、私たちは再び振出しに戻り、第一歩から踏み出すことを余儀なくされた。これは大きな不幸ではあるが、反面、これまでの混沌・未熟・歪曲の中にあった我が国の文化に秩序と確たる基礎を齎らすためには絶好の機会でもある。角川書店は、このような祖国の文化的危機にあたり、微力をも顧みず再建の礎石たるべき抱負と決意とをもって出発したが、ここに創立以来の念願を果すべく角川文庫を発刊する。これまで刊行されたあらゆる全集叢書文庫類の長所と短所とを検討し、古今東西の不朽の典籍を、良心的編集のもとに、廉価に、そして書架にふさわしい美本として、多くのひとびとに提供しようとする。しかし私たちは徒らに百科全書的な知識のジレッタントを作ることを目的とせず、あくまで祖国の文化に秩序と再建への道を示し、この文庫を角川書店の栄ある事業として、今後永久に継続発展せしめ、学芸と教養との殿堂として大成せんことを期したい。多くの読書子の愛情ある忠言と支持とによって、この希望と抱負とを完遂せしめられんことを願う。

一九四九年五月三日